마지막 수업

푸른사상
산문선

24

마지막 수업

박 도 산문집

푸른사상
PRUNSASANG

첫째 마당 36년 만에 찾아오다

둘째 마당 그의 편지에서 내 필체를 보다

셋째 마당 ## 한 번만 더

넷째 마당 묵시록

36년 만에 찾아오다

"흐르는 세월은 쏜 화살처럼 빠르다"고 한다. 어느새 내 나이 일흔을 훌쩍 넘겼다. 예로부터 일흔은 '고희(古稀)'라 하여, 드물다는 뜻이다. 그래서 이즈음 나는 언저리를 하나하나 정리해 가고 있다. 며칠 전 명함첩을 정리하면서 끝내 버리지 못한 것들이 있다. 그것은 주로 교단에서 가르쳤던 제자들이 준 것이다. 이전에 나는 그들의 초청을 극도로 자제해왔다. 그런데 곰곰 생각해보니 이나마 건강할 때 만나 그들과 차담을 나누면서 꿈과 용기를 주는 것은 훈장으로서 기쁨이요, 아름다운 마무리이리라. 그래서 이번 첫 마당의 글은 졸업 후 다시 만난 제자들의 얘기로 엮었다.

한국전쟁 중 어린이들이 길거리에서 천진난만하게 놀고 있다(1951.5.
부산). ⓒNARA

나는 그의 선생이다

그는 몇 해 전 이대부고 21기 동기생 모임에서 나에게 명함을 주며 자기가 근무하는 국립민속박물관에 꼭 한 번 들러달라고 청했다. 며칠 전에 명함첩을 정리하다가 그의 명함을 발견했다. 갑자기 그가 보고 싶었다. 곧장 그에게 전화하자 자기도 가능한 빠른 날에 보고 싶다고 말했다. 그래서 나는 더위가 한풀 꺾인 9월 초순에 만나자고 답했다. 그러자 그가 9월 1일에는 아들이 군에 입대하고, 2일은 화요일로 박물관 정기 휴관일이라고 하여, 우리는 3일 낮 12시로 정했다. 애초 나는 점심시간을 피하고자 오후 2시에서 오후 4시 사이에 가겠다고 말했다.

"선생님, 멀리 강원도 원주에서 오시는데 밥 한 끼 대접치 못하면 제 마음이 편치 않아요."

그의 예쁜 말에 슬그머니 내 제의를 접었다. 하기는 같이 밥을 먹고 차담을 나누면 더 정감 깊은 대화를 나눌 수 있을 테지. 그와 만남을 하루 앞둔 2일, 일기예보를 보자 9월 3일은 전국 대부분 지방이 온종일 100밀리미터 안팎의 폭우가 쏟아진다고 했다. 그에게 며칠 연기하자는 문자를 보내려다가, '바깥에서 만나는 것도 아닌데……' 라는 생각에 내버려두었다.

9월 3일 새벽 1시 무렵, 잠에서 깼다. 보통은 화장실을 다녀온 뒤 잠을 청하면 곧 깊은 잠이 들었는데, 그날은 이상하게도 잠이 오지 않았다. 내가 오산중학교에서 첫 담임을 배정받았던 1971년 2월 28일 밤이 그랬다. 나는 그날 밤 늦도록 잠을 이루지 못했다. 이튿날 어떤 학생들을 만날까 하는 설렘 때문이었다.

그와 약속한 날 나는 예삿날처럼 아내와 아침밥을 먹은 뒤, 원주역에서 9시 34분에 출발하는 청량리행 무궁화호 열차를 탔다. 이즈음 나는 서울 나들이 때는 거의 열차를 이용하고 있다. 열차는 경로우대로 버스보다 차 삯도 쌀뿐더러 객실 의자에 앉아 차창 밖 풍경을 보면 그 변화무쌍한 만큼 내 영혼도 무척 자유로워진다. 나에게 열차를 타고 가는 동안은 가장 좋은 영감의 시간이다. 이상하게도 그렇다. 그래서 글이 잘 써지지 않을 때는 나 혼자 열차를 타고 훌쩍 떠나곤 한다.

나는 이 여름에 탈고 곧장 출판사로 넘긴 장편소설 『약속』 이후, 다음 작품의 얼개를 머릿속으로 그리는 사이에 열차는 양평을 지났다. 거기서부터는 한강 물줄기를 자주 볼 수 있다. 그날은 날씨 탓으로 강 건너 산봉우리가 짙은 안개에 휩싸여 경치가 아주 선경이었다.

청량리역에서 내려 지하철 1호선을 타고 종로 3가에서 3호선으로 환승했다. 애초에는 안국역에 내려 수송동 옛 무교 중동학교 터두 둘러보며 걸어가려고 하다가 비도 오는 데다가 지하철 맨 뒤 칸에 탔기에 국립민속박물관과 조금 더 가까운 경복궁역에서 내렸다.

곧 삼청동 들머리 민속박물관에 이르렀다. 거기서 본 구름 낀 인왕산, 북악산 경치가 일품이었다. 정문 수위에게 용건을 말하자, 그가 곧 "선생님!" 하고 불현듯이 나타났다. 그는 점심시간이라고 앞장서서 화동 서울시립정독도서관 쪽으로 안내했다.

그곳은 옛 경기고등학교가 있던 동네가 아닌가. 나에겐 고교 시절 학교도 다니지 못한 채 아침저녁으로 옆구리에 신문을 끼고 무수히 지났던, 가난과 허기와 남루와 열등감 등으로 점철된 골목과 거리다. 어떤 날은 신문을 한옥 대문 틈새로 넣다가 셰퍼드에게 바짓가랑이를 된통 물리기도 했다. 그런데 그곳은 50년이 지났는데도 아직 거의 옛 모습 그대로였다.

"어제 아들을 입대시켜 젖 뗀 어미 소처럼 자네 마음이 무척 아프겠네? 더욱이 요즘 군부대 내 구타 사건으로 더욱……."

"아니에요, 선생님. 걘 공군 학사장교로 입대하기에……. 제 남편은 든든한 전우들이 옆에서 큰 힘이 될 거라고 말하더라고요. 그 말을 들으니까 안심이 돼요."

그가 일러주는 여러 메뉴 가운데 설렁탕이 좋겠다고 말하자, 그는 국물이 짙다는 한 명품 설렁탕집으로 안내했다.

그는 김미겸이라는 제자로 1978년 이대부고에서 만났다. 그의 손끝에서는 늘 아름다운 선율이 흘러나왔다. 그가 이대부고 3년 재학하는 동안 교내 합창경연대회에서는 그의 반이 늘 최우수상을 받았다. 아마도 그의 합창단 지휘 솜씨가 탁월했기 때문이었나 보다. 사실 나는 그제나 이제나 기독교인이 아니다. 그러면서도 28년간 미션 학교에 재직할 수 있었던 것은 예배시간에 어린 영혼들의 찬양을 들는 시간이 매우 좋았기 때문이요, 목사님의 설교도 곰곰 음미해보면 모두 인생에 도움이 되는 말씀이었다. 그래서 그 시간은 생음악 감상 시간으로, 도 닦는 시간으로 그렇게 괴롭지만은 않았다.

그와 나는 점심을 먹으면서 이런저런 옛날 얘기를 나눴다. 그의 정확한 직책은 국립민속박물관 내 어린이박물관 교육 담당 '에듀케이터(Educator)'라는 것도 그제야 알았다.

"나는 자네가 음대로 진학할 줄 알았는데……."

"중고교 때 아버지를 따라 국립중앙박물관 고적 답사를 자주 다녔어요. 그래서 대학도 국사학과를 선택했나 봐요. 교사가 되려고 대학 입학 후 처음엔 교직과목을 이수하다가 고교 교사였던 어머니가 매우 힘들어하시기에 그만 포기했어요. 그런데 지금 이렇게 어린이 교육 담당을 하고 있네요."

우리는 밥을 먹은 뒤 국립민속박물관 내 어린이박물관으로 돌아왔다. 박물관 벽에 '해와 달이 된 오누이' 전래동화 전시 알림판이 크게 붙어 있었다.

"선생님, 제가 기획하고 만든 어린이박물관 상설전시장이에요. 전래동화를 어린이들이 보고 만지며 즐기는 전시물로 창작했어요."

그의 안내로 어린이박물관에 입장하자 우중임에도 만원사례였다. 어린이들이 전시장에서 아주 신나게 뛰놀고 있었다. 그는 전래동화를 그림과 모형, 영상물로 매우 흥미롭게 꾸며놓았다.

대부분 사람들에게 어린 시절에 각인된 이미지는 평생을 지배하기 마련이다. 한 화가는 어린 시절의 배추 빛깔에 반해 평생 그 빛깔을 그렸다고 하고(천경자), 한 작가는 어린 시절에 겪은 제주 4·3사건을 작품화하였다(현기영). 그리고 내 고향 경북 구미의 한 의병 집안 어린이는 어린 시절 일본 밀정들에게 시달린 나머지, 만주로 망명하여 항일 파르티잔으로 그들과 맞서 싸우다가 흑룡강성 한 산골짜기에서 위만국(괴뢰만주국) 토벌대에게 벌집처럼 총알을 맞고 산화했다 (허형식).

나는 그런저런 얘기를 하며 역사 기행 중 일본에서 본 어린이 교육 이야기를 그에게 들려주었다. 일본인들은 그들 전래의 민속문화에 대한 교육이 매우 철저하여 놀이에서도 조상들의 생활 습성을 재현할 뿐 아니라, 그들 정신의 뿌리를 온통 일본화함을 보고 매우 놀랐다는 얘기였다.

사실 가장 바람직한 한국문화는 우리 것이 밑바탕이 된 가운데 선진 외래문화를 과감히 받아들여, 그것을 우리 것으로 새로이 만들어내면서 발전하는 것이리라. 그런데 이즈음 일부 부모들은 젖먹이 시절부터 우리 것을 죄다 외면하고 온통 서구화 교육만 시키는데 문제가 몹시 심각하다. 그런데 그는 가장 중요한 어린이 교육을 우리 고유 문화와 접목시켜 실시하고 있음을 보고, 나는 그가 그 누구보다 대견해 보였다. 내 어깨조차도 괜히 으쓱했다. 다시 그의 안내로 어린이박물관 관람 후 바로 옆 민속박물관 전시실로 가서 사람의 탄생에서부터 죽음에 이르는 전 과정을 둘러보았다. 그 관람을 마치자 그가 곧장 박물관 어귀 커피숍으로 안내했다. 우리는 푸른 초원을 배경으로 곁에는 참새 무리를 그대로 둔 채 이런저런 차담을 나눴다.

나는 아직도 그를 10대 소녀로 여기는데 올해 52세라고 했다. 그는 대학 졸업 후 1985년도부터 국립중앙박물관에 근무하다가 육아로 좀 쉰 뒤 1996년 국립민속박물관에 재취업하여 현재에 이른다고 했다.

전란 중이지만 설빔을 차려입은 천진난만한 소녀들이 민속놀이인 널뛰기를 하고
있다(1953.2.19). ⓒNARA

"요즘은 미술관이나 박물관 학예사가 인기 직종이라던데, 학예사
를 희망하는 후배가 있다면 무슨 조언을 해주겠나?"

"최근 저희 직종에 대한 인식이 많이 좋아진 점은 사실이지만, 겉
으로 보기와는 달리 일이 매우 고됩니다. 초기에는 박물관 등록 일을
주로 하는데, 육체적으로도 매우 힘들어요. 문화에 대한 깊은 이해도
있어야 하고 다양한 정보도 습득해야 하고, 아무튼 많이 공부해야 합
니다. 화려한 뒷면에는 엄청난 노고가 따라요."

그는 원론적인 얘기를 해주었다. 그는 학예사인지라 커피를 마시
면서 내가 미국 국립문서기록관리청에 다녀온 얘기를 집중적으로
물었다. 한국전쟁 중 가장 고통을 받은 이는 어린이였다고 하자, 그
는 고개를 끄덕이며 그런 사진 이미지에 대해 물었다. 수집해온 2천
여 점 사진 가운데 어린이 이미지도 여러 점 있다고 말하자, 한두 컷

을 메일로 보내달라고 부탁했다. 나는 즉석에서 그에게 전쟁 중 설날 널뛰는 소녀의 이미지를 보내주기로 약속했다. 어느새 그와 애초 약속한 두 시간이 다 되어갔다. 그런데 하필이면 그제야 하늘에 구멍이 난 듯 빗줄기가 굵어졌다.

나는 누군가? 그의 선생이 아닌가. 그는 나에게 비가 멎으면 가라고 하였다. 하지만 나는 가방에서 우산을 꺼내 펼치고선 나섰다. 그만 사무실로 들어가라고 해도, 그는 기어이 우산을 받치고 100여 미터가 넘는 박물관 정문까지 배웅한 뒤 거기서 헤어졌다. 이튿날 메일함을 열자 그의 메일이 도착해 있었다.

> 선생님……. 저도 일흔이 되었을 때,
> 선생님처럼 멋진 어른이 되었으면 좋겠습니다.^^
> 즐거운 추석 명절 되시기 바랍니다.
> 안녕히 계십시오. 김미겸 올림.

(2014.9)

흔들리며 피는 꽃

흔들리지 않고 피는 꽃이 어디 있으랴
이 세상 그 어떤 아름다운 꽃들도
다 흔들리며 피었나니

— 도종환, 「흔들리며 피는 꽃」에서

진정한 아름다움은 온갖 시련을 겪은 뒤에 피는 꽃일 것이다. 아마 우리 인생도 마찬가지이리라.

이대부고 제21회 졸업 30주년 기념 행사에 초대를 받았다. 흔히 30년을 한 세대라 한다. 그새 홍안의 소년소녀들이 한 세대를 지나 모두 지천명에 이르렀다. 그때 30대 중반 청년이었던 나도 그새 백발을 지나 이제는 까까머리 삭발 노인이 되었다.

그날 행사를 준비한 한 졸업생은 만찬 석상에서 고교 시절을 회상하며 굳이 내 이름을 거명했다. 그가 꺼낸 추억담은 그 시절 선천성 언어장애로 국어 시간에 읽기를 시킬 때 가장 괴로웠다는 얘기였다.

문득 그때를 되새겨보니까 그의 말이 맞았다. 내 딴엔 공정한 읽기 지도의 방안이라 여기고, 그날그날 날짜에 따른 학생 번호를 지명하여 읽기를 지도했다. 그에게도 예외 없이 지명이 갔을 것이다. 나는 학생 지도에 좀 더 세심했어야 했다고 그제야 반성했다.

남녀공학 교실에서 가장 감정이 민감한 사춘기에 읽기 지명을 받았을 때 그는 얼마나 괴롭고 자존심이 상했을까? 나는 그날 그들에게 저녁 대접 및 교통비까지 받아 온 게 너무 염치없고 미안하여 내가 살았던 강원도 횡성으로 그들을 초대했다. 그해 여름 그들 동기 여섯이 왔기에 강원도 명물 막국수를 대접한 뒤, 이웃 자작나무숲미술관에서 30년 전 학창 시절 이야기로 즐거운 하루를 보냈다. 그러자 그들은 다시 그 답례로 그해 연말 모임에 나를 초대했다. 서울 강남의 한 밥집에서 그들과 이런저런 얘기를 나누며 저녁을 먹은 뒤 원주 내 집으로 돌아오려는데, 그들이 호프 한 잔만 하고 가라고 소매를 잡았다. 나는 그날 분위기가 너무 좋은 나머지 그만 2차까지 동석했다. 잠깐 새 10시가 후딱 넘었다.

그만 마지막 열차 시간을 놓쳤다. 내가 그제야 떠날 차비를 하고 일어서자 그가 원주행 버스 시간을 스마트폰으로 조회해보더니, 막차 시간이 10시 40분으로 30여 분밖에 남지 않았다고 굳이 자기 차로 터미널까지 데려다주겠다고 앞장섰다. 그의 차 옆자리에 앉아 강남고속버스터미널로 가는데, 그날따라 도로가 몹시 밀렸다. 나도, 그도 조바심이 났다.

"선생님, 아무래도 지하철이 빠를 것 같습니다."

"알겠네. 어서 돌아가시게."

나는 양재역에서 그의 승용차에서 내려 지하철을 타고 강남 고속

흔들리며 피는 꽃

19

버스터미널로 갔다. 숨 가쁘게 터미널에 이르자 10시 38분이었다. 곧장 버스승강장으로 달려가 원주행 버스 기사에게 양해를 구한 뒤 표를 사서 차에 오르니 딱 10시 40분, 버스가 출발하려고 막 출입문을 닫는 찰나였다.

그때 그가 막 닫히는 출입문을 멈추게 한 뒤 버스에 올랐다. 그는 커다란 눈망울로 버스 안을 두리번거리며 곧 나를 찾았다.

"선생님, 타셨군요. 안녕히 가십시오."

그는 자리에 앉아 있는 나에게 꾸뻑 인사를 한 뒤 버스에서 내려 승강장에서 손을 흔들었다. 나도 그를 향해 손을 흔들었다. 그제야 버스가 출발했다. 나는 원주로 돌아오는 버스 안에서 한 시간 남짓 그의 커다란 눈망울을 생각하며 참으로 행복했다. 아마도 그는 내가 버스를 놓치면 자기 차로 원주 내 집까지 데려다 줄 양으로 뒤를 쫓은 듯했다. 그의 눈망울에 그렇게 담겨 있었다.

얼마 전, 그가 전화를 걸어와 내가 사는 원주로 찾아오겠다고 말했다.

"자네는 바쁜 사람이니까, 시간이 많은 내가 자네 병원으로 찾아가겠네."

"영광입니다. 선생님, 언제든지 오십시오."

지난 17일 내 집에서 원주 시외버스터미널로, 이천 터미널에서 성남행으로 환승한 뒤 11시 30분에 경기도 광주 시외버스터미널에 도착했다. 나는 거기서 가까운 그의 병원 '서울외과의원'을 찾을 수 있었다. 그는 서울클리닉이라는 종합병원 건물 1, 2층과 9층을 쓰고 있었는데, 광주에서 오래전부터 인술을 베풀고 있는 두 아무개 원장님과 함께 진료하고 있었다.

하얀 의사 가운을 입은 그가 옛 훈장을 반갑게 맞았다. 마침 진료가 비는 시간이라고 말하기에 그의 진료실 의자에 앉았다. 그가 나가는 서울 잠원동 성당에서 지난해 토머스 안중근 의사를 기념하는 특별 행사를 했는데, 신부님께서 내가 쓴『영웅 안중근』을 이미 읽었다고 하시더란다. 그래서 그 책 저자가 고교 때 국어 선생님이라고 자랑했다는 것이다. 그는 그 책을 매우 정독한 듯 내가 연해주 우수리스크 역에서 루블화가 없어 한밤중에 화장실 문제로 고생한 일화도 애기했다. 내가 쓴『개화기와 대한제국』『일제강점기』등의 책도 이미 구입해 읽었다고 말했다.

사람은 누구나 자기를 정확하게 알아주는 사람을 좋아하기 마련이다. 내가 그동안 30여 권의 책을 펴낼 수 있었던 것은 많은 제자들이 보이지 않는 곳에서 책을 사준 덕분이다. 나는 늘 그들에게 감사하고 있다.

그는 의과대학을 졸업한 뒤 공중 보건의로 울릉도에서 1년 근무했고, 이후 경북 상주 성모병원에서 8년, 그 뒤 지금의 장소에서 개업했다고 말했다. 왜 하필 경북 상주에서, 경기도 광주에서 개업했느냐고 물었더니 대학 선배의 주선 때문이었다고 말했다.

마침 간호사가 환자가 왔다고 전달하기에 나는 환자 대기실로 나갔다. 잠시 후 진료를 받고 나오는 한 시골 할머니에게 물었다.

"이 병원에 자주 오세요?"

"네, 자주 와요. 원장님이 아는 것도 무척 많고, 진료도 잘 봐주고, 참 친절해요."

시골 의사, 이종호.

어린 시절 내 고향 구미는 한가한 시골이었다. 초등학교로 오가는 길에 낙산의원을 지날 때면 이따금 앞이마가 벗겨진 마음씨 좋은 박 아무개라는 의사가 왕진가방을 자전거에 매단 채 환자 집으로 가는 모습을 보곤 했다. 어머니가 나를 낳을 때 초산으로 산고가 몹시 심했는데, 낙산의원 박 의사가 집게로 내 머리통을 집어 꺼냈다고 할머니는 늘 말씀했다. 옛날 여인들 가운데는 아이 낳다가 죽는 산모도 많고 아이도 사산하는 경우가 흔했다고 한다. 서울, 부산 등 대도시 대로변에는 한 집 건너 병원들인데, 아직도 시골에는 의사가 드물다.

교육자도 그렇지만 진정한 의사는 시골이나 가난한 동네에 있을 것이다. 마치 아프리카의 별이었던 슈바이처 박사처럼. 내가 다시 교단에 선다면 산촌이나 농어촌 학교의 교단에 서고 싶다.

나는 서울 시내 고교에서 퇴직하고 강원도 안흥으로 내려왔을 무렵 연수 나간 현직 교사를 대신하여 안흥고등학교와 횡성고등학교에서 두 해 동안 학생들을 가르친 적이 있었다. 시골학교는 조용하고, 학급당 학생이 매우 적으며, 언저리에 학원이 없는 곳이라 학생들의 수업 집중도가 매우 높았다. 이 세상만사가 흔하면 귀한 대접을 받지 못한다.

병원에서 그를 지켜보니까 영판 없는 내 머릿속의 시골 의사였다. 이제 고교 시절의 언어장애도 극복했기 때문인지 지난날의 내성적인 성격에서도 벗어난 듯 보였다. 사람은 그 자신의 노력으로도 몇 번을 변신한다. 불경에서는 자신의 노력과 공부로 깨달으면 부처에 이른다고 한다.

나는 그를 만나는 날 새벽잠을 깬 뒤 그에게 무슨 얘기를 들려줄까 생각하다가 언젠가 한 신문에서 '자랑스러운 서울대인'으로 뽑힌 장기려 박사의 "가난한 사람 돕는 게 인술(仁術)"이라는 기사를 스크랩북에서 찾아 복사했다.

　나는 그의 친구를 통해, 그가 가난한 이웃을 위해 봉사하는 심지 깊은 시골 의사라는 것을 이미 전해 들었다. 그날 이런저런 얘기 끝에 그는 잠원동성당 가정의료분과 임원으로 봉사하고 있고, 오래전에는 서울 원효로 청과물시장 옆 행려병자들을 보살폈으며, 이즈음에는 주일날 경기도 마석에서 미등록 외국인 노동자들을 돌본다고 말했다. 이제 나는 그에게 더 가르칠 것이 없는, 내가 오히려 그에게 배워야 할 구닥다리 훈장이지만, 장기려 박사 인술 얘기 복사물을 그의 책상에 두고 일어섰다.

　"선생님, 점심도 구내식당에서 드시게 하고……."

　"나는 그게 더 좋네. 늘그막에 너무 좋은 음식 배불리 먹으면 해롭다네."

　"곧 원주로 찾아뵙겠습니다."

　"좋지. 자네 동기나 가족과 같이 오게나."

　"예, 그러겠습니다. 선생님."

　나는 13시 50분 광주 터미널에서 출발하는 버스를 타고, 갈 때와는 역순으로 집에 돌아왔다. 가을 하늘이 무척 높은 날이었다.

(2014.9)

마지막 수업

　그를 만나러 가는 날 아침, 나는 와이셔츠를 입으면서 넥타이를 매느냐 마느냐로 잠시 망설였다. 그런데 문득 어쩌면 이번이 마지막 만남이 될지도 모른다는 생각에 가장 화사한 넥타이를 골라 맸다. 교단에서 물러나 곧장 강원도 산골로 내려온 이후로 내가 넥타이를 매는 일은 매우 드물었다.

　그날 서울로 가고자 원주역으로 갔더니 청량리행 열차표는 모두 매진되었다. 주말이라 그런 모양이었다. 나는 하는 수 없이 입석표를 샀다. 원주역 플랫폼에서 열차 카페 4호차에 탔다. 그런데 거기도 만원이었다. 비좁은 열차 카페 객실에 서서 가는데 전망용 간이의자에 앉은 분이 자리에서 일어났다.

　"어르신, 여기 앉으십시오."

　"괜찮습니다."

　내가 사양하자 그는 곧 내린다고 하면서 굳이 자리를 양보했다. 나는 그분에게 감사 인사를 하고는 간이의자에 앉았다.

　그제야 가방에 넣어두었던 책을 꺼냈다. 이태 전 그가 내 집으로 우송한『하인즈 코헛의 자기 심리학 이야기 I』이란 책이다. 받았을 때 펼쳐보니 심리학 전문서 같아 목차만 살피고는 그대로 서가에 꽂아 두었던 것을, 이번에 그를 만나기로 한 뒤 가방에 챙겨 넣은 것이다. 열차를 타고 가면서 훑어볼 예정이었다.

달리는 객차에서 읽어본 그의 저서는 내 선입관과는 달리 유려한 문체로 인간의 근원적인 심리를 아주 자세하게 얘기해주고 있었다. 특히 제7장 '자기애적 격노'편은 현대병을 앓은 이들을 위한 처방전 같았다.

그는 고교 시절 글을 예쁘게 잘 썼다. 그래서 나는 그를 각 대학이나 지구별 백일장 같은 곳에 보냈고, 그러면 그는 꼭 상장을 받아왔다. 나는 또 그를 교지편집위원으로 발탁하여 교지『우리생활』15호와 17호를 만들었다. 나는 그가 장차 문인이나 언론인이 되기를 바랐다. 그런데 그는 미국 드류대학교(Drew University)에서 상담심리학으로 박사 학위를 받고, 귀국 후 상담심리학 교수가 되었다.

청량리행 중앙선 열차는 양평을 지나면 한강을 끼고 달린다. 예삿 날이면 한강을 바라보며 작품을 구상하기 마련인데, 그날은 그에게 들려줄 마지막 수업 준비로 수첩에 그 요점을 하나하나 정리해 썼다. 약속한 장소에 5분 전에 이르자, 그는 이미 도착하여 택시에서 내린 나를 영접했다. 우리는 점심을 먹으면서 30여 년 전 그의 학창 시절로 돌아갔다.

"자네가 쓴 책을 읽어보니까 현대인에게 꼭 필요한 내용이 많이 들어 있더군."

"읽어주셔서 고맙습니다, 선생님."

　　그 이야기 끝에 우리의 화제는 삶의 근원적인 문제로 돌아갔다. 나는 고교 시절 가정 사정으로 학업을 중단케 되자 자살 충동을 느껴 알약을 주머니에 잔뜩 넣고 다녔다. 그런 중 탑골공원에서 한 장애인을 만났다. 그를 만나고는 자살 후의 일들을 생각하니 나만 바보 같아서 억울해서 죽지 못했다는 얘기를 그에게 했다.

　　"선생님, 삶과 죽음은 종이 한 장 차이예요. 참 잘하셨어요. 그때 사셨기 때문에 저도 선생님에게 배울 수 있었지요."

　　그는 전문 상담가로 삶, 죽음 등 인생의 여러 문제를 아주 명쾌하게 정의해주었다. 누군가 요즘 현대인들은 정신으로나 육체로나 환자 아닌 사람이 드물다고 했다. 특히 눈에 보이지 않는 정신 질환은 더 고치기가 힘들다고 한다. 그래서 이즈음에는 심리상담사가 각광을 받는다고 했다. 아마도 물질의 풍요 속에 빚어진 결과일 것이다.

　　우리는 곧 그의 학창 시절을 반추했다. 주로 이대부고 교지『우리 생활』15호, 17호를 편집할 때의 이야기들이었다. 그는 조개탄 난로 옆에서 교정쇄를 보았던 그때를 재학 시절 가장 아름다운 추억으로 기억하고 있었다.

　　"선생님, 요즘도 교지가 나오지요?"

　　"아마 중단되었을 거네."

　　"네?"

　　나는 그에게 학교 교지가 중단된 이유를 차마 솔직하게 말할 수 없었다. 사실 이즈음의 학교 교육, 특히 인문 교육은 이전보다 더 후퇴한 느낌이다. 그래서 우리 사회에 인문은 고사(枯死)하고, 온통 부정과 불의와 부패, 반역사적인 짓거리들이 판을 치는지도 모른다. 나라의 지도자인 대통령조차도 인문 지식이 깡통인지라 무수리 같은 여인이 국정을 좌지우지하지 않았던가. 그러면서 사회에 나오면 별 쓸모도 없는 것들을 가르치고 배운다고 목을 매고 있는 현실이다. 정작 교사로서 학생 지도에 가장 중요한 학생들의 재능 계발과 인성 지도는 저만치 팽개친 채 자율학습이네, 특기적성교육(실상은 방과 후 보충수업)이네 그런 입시 몰입 교육에만 골몰하고 있다. 학교는 마치 공장형 양계장처럼 늦은 밤까지 불이 켜 있다. 교육 현장도 천민 자본이 춤추는 장바닥이 되고 말았다. 그런 풍토이니까 교지나 신문 발간은 학교도, 교사들도 꺼려하고 있다. 한 학생이 친일파 시인 얘기를 교지에 실었다가 학교 당국으로부터 지도교사도 학생도 난처한 일을 당하기도 했다.

"그때가 1979년 가을로 생각돼요. 연세대에서 전국 고교 백일장 대회가 있었는데, 선생님의 인솔로 참가했지요. 아마 그때 제가 시 부문에서 차석을 받게 되었는데, 교과서를 통해 알았던 청록파 시인 박두진 교수의 심사평을 직접 듣고, 그분에게 상장까지 받은 게 제 평생 영광으로 가슴속에 뿌듯하게 남아 있어요."

"정말 그때 나도 기뻤다네."

그는 내가 오랜 세월로 잊어버린 일까지도 하나하나 상기시키며 그날 분위기를 즐겁게 했다. 그 참에 내가 그를 만나고자 한 까닭을 슬며시 토로했다.

"나는 자네의 저서를 보면서, 좀 더 대중들이 쉽게 접근할 수 있게 썼으면 좋겠다는 생각을 했네."

"그렇지 않아도 그걸 염두에 두고 애초에 『하인즈 코헛의 자기 심리학 이야기』 'I'이라고 제목을 붙였어요. 'II'는 보다 더 쉽게 쓰려고 하는데 대학 강의에, 상담에, 좀처럼 시간을 내지 못하고 있어요. 방학 때가 되면 시간을 갖고 차분히 써볼 생각입니다."

나는 그가 에밀리 브론테와 같은 작가가 되기를 바랐다. 그런데 그는 자기 전공을 살려 현대인들에게 위안이 되고, 삶의 지침서가 될 책을 쓰고 있다. 그런 실용적인 책을 남기는 것도 의미 있는 일로 여겨졌다. 그는 아직 살아갈 날이 많이 남았기에 교직에서 물러난 뒤 본격 작가의 길을 걷더라도 결코 늦지 않을 것으로 보였다.

그래서 나는 그날 밥집 종업원이 그릇을 치운 그 자리에서 마지막 수업을 시작했다. 나는 쉰 살이 넘은 대학 교수 제자를 앞에 두고 열차에서 메모한 수첩을 꺼냈다. 그날 내가 그에게 한 마지막 수업을 한 요지다.

1. 열정을 가져라.
2. 자신감을 가져라.
3. 준비를 철저히 하라.
4. 겸손하라.
5. 좋은 주제의 글을 쓰라.
6. 누구나 이해할 수 있도록 쉽게 쓰라.
7. 자기 감정을 절제하라.
......

나의 마지막 수업은 한 시간을 넘겼다. 그날 아침 나는 원주역에서 돌아가는 차표를 예매해뒀는데 그 수업을 하느라 그만 열차 시간이 빠듯해졌다. 그가 자기 승용차로 청량리역까지 태워주겠다는 걸나는 지하철이 더 빠르다고, 강남 교대역 어귀에서 그의 차에서 내렸다. 곧장 지하철을 환승해가면서 청량리역에 가자 16시 13분 안동행 열차가 막 출발한다는 안내방송을 하고 있었다. 그는 1981년 이대부고 졸업생으로 홍이화 교수다. (2014.11)

교사의 말 한마디

　나는 이제까지 꼭 18년째 팔자에 있는 시민기자 생활을 하고 있다. 그동안 내가 쓴 기사는 1천 5백여 꼭지에 이른다. 왜 팔자에 있는 기자생활이라고 하는지 그 이유는 다음과 같다.

　나는 중학교까지 고향에서 다닌 다음 1961년 고교부터는 서울로 진학했다. 하지만 고교 입학 2개월 만에 5·16 쿠데타가 일어났고, 갑자기 수렁에 빠진 집안 형편으로 학업을 중단해야 했다. 그런 가운데 신문 배달을 하게 되었다. 경향신문, 조선일보 배달원을 거쳐 1963년 고2 때는 동아일보 사직동 배달원이었다.

　그해 10월 15일은 제5대 대통령 선거일로, 당시 민주공화당 박정희 후보와 민정당의 윤보선 후보가 '군정이냐 민정이냐'하는 쟁점을 두고 절체절명의 대결을 벌이고 있었다. 그 무렵은 오늘날과 같은 SNS가 발달되지 않았고, TV조차도 없었던, 그래서 신문이 여론 형성과 전달에 가장 위세를 떨치던 시대였다. 당시 대통령 선거전의 가장 큰 여론몰이는 후보자의 대도시 유세였다. 그런 날은 후보자의 유세 내용을 싣고자 본사 신문 발행이 평소보다 두세 시간 늦었다.

그때 동아일보 세종로보급소는 본사와 가까운 종로구 청진동에 있었다. 보급소 측에서는 신문 배달 시간을 조금이라도 빠르게 하고자 본사 신문 수송차를 기다리지 않고 배달원들을 본사 윤전기 창구로 보냈다. 거기서 대기하다가 막 인쇄된 신문이 쏟아지면 배달원들은 그걸 묶은 뭉치를 어깨에 지고 보급소로 날랐다. 그때마다 나는 그것을 져다 나르면서 '지금은 신문을 져다 나르지만 장차 신문사 기자가 되겠다'는 꿈을 길렀다. 아무튼 그때의 꿈 탓인지 2002년 천만 뜻밖에도 쉰세대에 인터넷 신문 오마이뉴스 시민기자가 되었다.

일선 기자들이 은퇴할 나이에 신문기자가 된 나는 "늦바람이 용마름 벗긴다"는 속담처럼 2~3일에 한 꼭지 꼴로 오마이뉴스에 다양한 기사를 송고했다. 인터넷 신문은 종이 신문보다 신속하고 전파력이 강했고, 독자와 상호 소통이 동시간으로 가능했다.

고약한 악성 댓글

내 기사가 화면에 뜨면 많은 독자들이 댓글을 달아주고, 때로는 좋은 기사 후원금을 보내주었다. 그 댓글 가운데는 격려의 글도 있지만 이따금 사실 확인도 하지 않은 아주 고약한 악성 댓글도 있었다. 당시에는 익명이 허용된 시대라 황당한 댓글이 지금보다 훨씬 더 많았다. 쉰세대 기자로서 그들과 맞서기는 처신이 말씀이 아니라 '벙어리 냉가슴 앓기' 일쑤였다.

한번은 내 기사로 백범 김구 선생 암살범을 추적한 의인 권중희 선생 미국 보내기 성금을 모금하는 중에 고약한 댓글이 달렸다. 아주 난처한 상황일 때 미국에 산다는 한 익명의 독자가 "저는 고교 재학 시절 박도 선생님의 담임 반 제자로 우리 선생님은 절대 그럴 분이 아닙니다"라는 댓글을 올려줘서 난처한 위기를 지워주었다. 그 뒤에도 간혹 악플이 달릴 때마다 여러 제자들이 변호해주거나, 또 샘물 같은 댓글로 노기자의 용기를 북돋아주곤 했다.

어느 해 연말, 졸업생들의 모임에 초대받아 갔더니 한 제자가 반갑게 인사를 하면서 내 기사의 애독자라고 말했다. 알고 보니 그도 익명의 댓글을 달아준 고마운 제자였다. 그날 그는 재학 시절 어느 날을 상기시켰다.

1979학년도 그는 이대부고 신입생으로 1학년 3반 나의 담임 반이었다. 그때 학교 내규는 반장은 남학생, 부반장은 여학생이었다. 그리고 정부반장이 되려면 상위 15% 내 성적이어야 했다. 그는 용모도 반듯하고 성적도 우수했기에 후보자였으나 1, 2학기 모두 선거에서 급우들로부터 선택받지 못했다.

나의 오랜 학급 담임 경험으로는 똑똑하고 예쁘고 여러 방면으로 잘난 학생은 이상하게도 급우들이 표를 주지 않았다. 아마도 급우들은 편한 사람, 수수한 사람을 더 선호하는 것 같았다. 이는 학급 정부반장 선거뿐 아니라, 나라의 지도자 선거도 마찬가지인 듯했다.

I can do it, if I believe it

그의 고3 때 3월 하순이가, 4월 초순 어느 날로 첫 모의고사 성적표를 받는 날이었다. 그날 마지막 수업이 끝나 교무실 내 자리로 돌아가는데 복도에서 그가 고개를 숙인 채 울고 있었다. 나는 못 본 척 지나치다가 돌아서서 그에게 다가가 한마디 하고는 내 자리로 갔다.

"고순영, 울지 마. 너는 잘할 수 있어!"

그는 그때 그 말을 상기시켰다. 그의 얘기를 듣자 나도 그 일들이 어슴푸레 떠올랐다.

"그날 선생님 말씀은 이후 제 삶의 멘토(mentor)였습니다."

그는 그 말에 용기를 얻어 자기가 꼭 가고 싶었던 대학교 영문과에도 진학했다고 말했다. 그러면서 지금도 자기 블로그의 이름은 "I can do it, if I believe it"인바, 그때 내가 해준 말을 유추해서 지었단다.

동서고금을 막론하고 교사의 말 한마디는 학생에게 평생 지침이 되나 보다. 일본의 한 정치인(나카소네[中曾根])이 수상이 된 후 기자들에게 한 말이다.

"내가 이 자리에 오를 수 있었던 원동력은 초등학교 6학년 때 담임선생이 '너는 장차 크게 될 인물이다'고 한 그 말씀이었다."

사실 나도 초등학교 5학년 때 담임선생님의 "너는 글을 참 잘 쓴다"는 칭찬 때문에, 고교 시절 박철규 선생님의 "박 군은 꼭 국문과로 가라"는 그 말씀 때문에 평생 국어 교사로 살았고 일흔이 넘은 지금도 날마다 자판을 두들기고 있다. 내가 다시 교사로 교단에 선다면 학생들에게 용기를 주는 말을 더 많이 해주고 싶다. 하지만 아쉽게도 그 시절로 되돌아갈 수 없는 단 한 번의 인생길이다.

(2012.2)

뉴욕에서 만난 제자

"조국을 생각하면서 뭔가 도와주는 사람이 되고 싶습니다."

뉴욕 세인트존스 병원 의사인 신민철 박사가 나에게 마지막으로 들려준 말이다. 나는 한동안 그 말에 취했다. 내가 그를 처음 만난 것은 1979년 3월이었다. 그는 까까머리 이대부고 1학년 학생이었고, 나는 그를 가르치는 국어 교사였다. 그는 1982년 2월, 이대부고를 졸업한 후 대학에 입학하여 한 학기 남짓 다니다가 가족과 함께 미국으로 이민을 갔다.

1992년 여름, 그가 졸업한 지 꼭 20년 만에 모교를 찾아왔다. 그날 그는 나에게 자기 집을 꼭 방문해달라고 간청했다. 나는 대답은 했지만 미국이 대전이나 대구쯤 되느냐고 그의 얘기를 건성으로 흘려들었다. 그런데 사람의 앞날은 한 치 앞도 내다보지 못한다고 한다. 2004년 1월 천만뜻밖에도 나는 여러 누리꾼의 성금으로 미국 워싱턴에 갔다. 우국지사 권중희 선생과 함께 백범 암살 배후 진상을 규명하고자 미국 국립문서기록관리청(NARA) 문서를 검색하는 길에 동행케 되었다. 마침 주말을 이용하여 오래전 그의 초대에 응했다.

워싱턴과 뉴욕은 꽤 먼 거리였다. 승용차로 다섯 시간 남짓 달린 끝에 그를 만났다. 그는 뉴욕 허드슨강 언덕 주택가의 그림 같은 집에서 부인과 두 아들까지 네 식구가 단란하게 살고 있었다. 그들 부부는 고국에서 온 '와룡선생'을 대접하고자 상다리가 휘어지게 저녁상을 준비해놓고 반겨 맞았다. 우리 일행은 권중희 선생과 핸들을 잡은 박유종(임시정부 박은식 대통령 손자) 선생, 그리고 나였다. 그와 함께 식사를 하면서 이런저런 얘기를 나눴다.

"무슨 일로 미국에 이민 오게 되었는가?"

"아버님 목회 일로 온 가족이 함께 이민을 오게 되었습니다. 처음엔 많이 힘들었어요. 갓 입학한 대학(서울공대) 생활도 제대로 맛보지 못하고, 낯선 땅을 밟았으니."

"이민 초기에는 낯선 환경에서 이런저런 에피소드도 많았을 것 같은데."

"처음 미국에 왔을 때 친구가 식당에 데려가 'Chicken Fingers'를 시켜줬어요. '미국에서는 닭발도 먹느냐?'고 물었더니, 잠시 후 나온 걸 보니까 닭고기를 손가락 크기로 잘라서 튀긴 거였어요.

또 아침 식사를 할 때 요리사가 '달걀을 어떻게 해줄까?'라고 묻기에 'Boil'이란 단어밖에 떠오르지 않아 그 말만 했더니 한동안 계속 삶은 달걀만 먹기도 했지요."

"그래도 타국에서 공부해서 의사까지 되다니, 참으로 대견하네."

"이곳에 온 후 곧장 대학에 입학하지 않고 미국 사회도 익힐 겸 영어도 배울 겸 2년 6개월간 사회생활을 했습니다. 선원들의 식사를 챙기는 선식(船食) 일을 하면서 걸음마하는 자세로 미국을 배웠어요.

그 후 조지아 암스트롱주립대학에 입학하여 4년간 화학을 전공했습니다. 그 다음에 메디컬스쿨(의과대학)에 입학하여 4년간 더 공부하고 필라델피아 유펜대학병원에서 4년간의 마취 레지던트 과정을 수료했지요.”

“자네처럼 미국에 이민을 오고자 하는 이가 있다면 어떤 이야기를 들려주고 싶은가.”

“이곳에 와서 고생을 하겠다는 독한 마음을 가지고 와야 합니다. 이민 성공 여부는 10년 내에 판가름 납니다. 참고 견디는 사람은 성공할 수 있습니다. 그것이 가능한 나라가 미국입니다. 이민 생활의 고비를 넘기지 못하고 다시 돌아가는 사람을 볼 때 안타깝습니다. 본인이 노력한 만큼 보상을 받을 수 있는 나라가 미국입니다. 저는 될 수 있는 한 많은 한국인들이 미국에 이민 와서 더 큰 한인 사회를 만들었으면 좋겠습니다.”

“현재의 삶에 만족하는가?”

“글쎄요. 만족하려고 노력하는 편입니다.”

“자신의 미래를 그려보면.”

“믿음을 실천하려고 노력할 겁니다.”

“한국에 돌아와서 살 의향은 없는지?”

“앞으로 이곳에서 20년을 더 산 다음 어느 쪽이 저에게 더 맞는지 골똘히 생각한 다음 그때 결정하겠습니다.”

마침 부인(이지수)이 후식으로 과일을 가지고 왔다. 부인 역시 의사로, 뉴저지 포트리에서 검안의로 일하고 있었다.

“부인은 언제 이민을 오셨나요?”

“1984년, 연희여중 3학년 때 부모님과 함께 왔습니다.”

"한국과 미국은 어떤 점이 다르다고 보십니까?"

"한국 사람들은 겉치레가 많은데, 미국 사람들은 남의 눈을 의식치 않고 삽니다. 한 예로 한국 사람들은 명품을 추구하는데, 미국 사람들은 실용적이고 검소한 것을 더 좋아합니다."

"자녀 교육에 어려운 점은 없나요?"

"많지요. 그래도 다행히 현재까지는 아이들이 잘 따라주고 있어요. 우리말도 아주 잘하고요. 어려서부터 모국에 대한 교육도 철저하게 시키고 싶어요. 좀 더 자라면 자기들 의사를 존중하렵니다."

늦은 밤, 네 식구의 따뜻한 배웅을 받으며 그가 마련해준 숙소로 향했다.

(2004.2)

정치는 최고의 예술이다

1.

김홍걸 위원장!

참 오랜만일세. 내가 자네를 처음 만난 때가 1979년이었으니까 그새 37년의 세월이 지났네. 그때 자네 아버지는 언론에서 이름조차도 쓸 수 없었던 재야인사였고, 이후 잠깐 반짝 '서울의 봄' 탓에 유력 정치인였으며, 그 이후는 사형수로 청송교도소에 수감 중이었지. 그런 탓인지 재학 시절 내내 자네 얼굴에는 늘 깊은 우수가 드리워졌고, 입은 굳게 닫혀 있어 보는 이의 마음을 아프게 했네. 하지만 수업 중 자네의 눈빛은 빛났고, 지적 욕구로 가득 찼음을 느낄 수 있었다네. 자네의 극도로 절제된, 과묵한 그 모습과 빛나는 눈빛은 역설적으로 내 폐부를 매우 아프게 찔렀다네. 사실 나는 경북 구미 출신이었기 때문에 자네를 대하면 괜스레 어떤 미안함이 있었다네.

나는 자네를 연상하면 두 장면이 뚜렷하게 떠오르네, 그 하나는 1980년 여름 설악산으로 수학여행 갔을 때네. 그때 '세계민속제'라는 이름으로 남학생을 여장시켜서 미스 유니버스 대회를 치르는 행사를 했는데, 자네는 인도 대표로 출전했지. 그 '인도 여인'은 키도 훤칠한 데다가 가슴이 풍만해 관객들의 환호와 휘파람, 그리고 박수를 가장 많이 받았지. 나는 그날 그 인도 미인을 본 뒤 남성이 여성보다 훨씬 더 아름답다는 것도 알았네. 또 한 장면은 자네 고2 때 늦은 가을 어느 날 하교 시간이라네. 교무실 내 자리로 찾아와서 대단히 겸연쩍은 표정으로 교내 문예 응모작을 편지 봉투에 담아두고 갔었지. 그 봉투에는 시 두 편이 담겨 있더군.

여수(旅愁)

고2 김홍걸

영원의 역전에서
완행열차를 기다린다.

빈 가방을 들고 서성대는 마음은
미지의 이웃과 이야기를 하고 싶은데

저마다의 행로가 달라서
언어가 통하지 않는다.

영혼의 닮은 사람을 찾아
거울 앞에 서면

거울 속에서
낯익은 얼굴이 외면해버린다.

시간을 놓친 티켓처럼
인생이 쓸쓸해 웃는다.

가을

무덤 뒤켠에 사는 시인은
거리에서 잔뜩 취하고는
곧잘 이곳을 지나간다.

그때마다 그는
들국화 따위를 짓밟고는
영원의 꿈에 젖고 싶었지만

그런 풍성한 가을은 이제
이 근처엔 없었다.

그 근처에 낯선 화가 하나가
맥 빠진 그림 같은 걸 그리고 있었다.

—『우리생활』 17호, 1981.2.5

그 시를 읽자 뭔가 마음을 할퀴는, 한 어린 영혼의 상처받은 모습
이 아른거렸다네. 그 며칠 후 교내 문예현상 공모 작품 심사에서 자
네 작품은 장원으로 뽑혔다네. 당시 청송교도소 사형수로 수감돼 있

었던 자네 아버지가 그 소식에 대단히 기뻐했다는 이야기도 들었네.

몇 해 전, 자네 고1 때 급우였던 뉴욕 세인트존스 병원 신민철 박사 귀국 환영 모임에 초대받아 갔네. 그날 모인 친구들은 세상 사람들이 자네의 과묵함, 순결함은 잘 모른 채 일방으로 매도하는 것을 보고 가슴이 아팠다고 이구동성이었네.

사실 나는 자네가 이 땅의 한 시인이나 역사학자, 아니면 한 통일운동가가 되기를 바랐네. 철책으로 꽉 막힌 남북을 오가면서 조국의 통일을 앞당기는 그런 일을 드러나지 않게 하거나 우리나라 근현대사를 연구하는 학자로 말일세. 하지만 자네의 인생길을 그 누가 막을 수 있겠는가. 이미 자네는 '지명(知命)'을 지났기에 이즈음 찾은 길이 오히려 늦은 감이 있네. 일찍이 아리스토텔레스는 "사람은 정치적 동물이다"고 말했다네. 또한 정치는 최고의 종합예술이기도 하네.

서론이 길었네. 이제 본론으로 나는 옛 훈장으로 이제 정계에 갓 입문한 자네에게 몇 마디 들려주겠네. 잠시 37년 전, 눈빛 초롱초롱하던 그 시절로 돌아가 내 말을 경청해주게나.

첫 번째 말 : "정(政)이란 정(正)이다." 이는 『논어』에 나오는 공자의 말씀으로 나라를 다스린다는 것은 나라를 바로잡는 것이라네. 자네가 정계에 있는 한 늘 이 말씀을 명심하시게.

두 번째 말 : "나에게 유익한 세 벗이 있고, 해가 되는 세 벗이 있다. 정직한 사람을 벗하고, 신의가 있는 사람을 벗하고, 견문이 많은 사람을 벗하면 유익하다. 허식적인 사람을 벗하고, 아첨 잘하는 사람을 벗하고, 말을 잘 둘러대는 사람을 벗하면 해가 된다."

이 역시 공자의 말씀이네. 깊이 새겨들으면 시공을 초월한 만고불변 진리라네. 내가 자네에게 이 말을 일찍 각인시키지 못한 아쉬움도 많았다네.

세 번째 말 : "조국 평화통일의 역군이 되어주시게."

이 말은 나의 부탁뿐 아니라, 아마도 자네 아버지의 고명(顧命)이기도 할 테고, 8천만 겨레의 한결같은 염원일 걸세.

네 번째 말 : "38선 때문에 우리에게는 통일과 독립이 없고, 자주와 민주도 없다. 어찌 그뿐이랴, 대중의 기아가 있고, 가정의 이산이 있고, 동족의 상잔(相殘)까지 있게 되는 것이다."

백범 선생의 말씀을 전하네.

뒤늦게나마 자네의 정계 입문을 축하하면서 부디 자네의 큰 꿈이 이뤄지고 아울러 우리 겨레가 질곡의 늪에서 벗어나는 일에 자네가 한몫해주게나.

(2016.5)

2.

김홍걸 민화협 상임의장!

2018년은 광복 일흔네 해요, 아울러 분단 일흔네 해이기도 하네. 내가 왜 광복 몇 돌인지 정확히 아느냐 하면 해방둥이기 때문이네. 새해를 맞으면서 나는 희망을 가져보네.

"민족 화해의 문을 열겠습니다."

"남북 민간 교류의 물꼬를 트도록 하겠습니다."

"한반도에 결코 전쟁이 일어나서는 안 됩니다."

"분단의 아픔을 겪는 어르신들의 눈물을 닦아드리겠습니다."

"한반도의 평화 정착과 통일에 밑거름이 되겠습니다."

지난해 12월 19일 자네가 민족화해협력범국민협의회 대표 상임 의장으로 취임하면서 들려준 말들이네. 나는 자네가 언행이 일치하는, 대단히 과묵한 인품이라는 것을 익히 알고 있기에 실천하리라는 믿음을 갖네. 그래서 올해는 정말 그동안 꽉 막힌 남북 교류의 물꼬를 트는 해로 기대하겠네.

사실 우리나라는 우리 백성들의 의사와는 전혀 관계없이 강대국의 이해관계로 해방과 동시에 남북이 분단됐다네. 그새 북위 38도 직선은 한차례 전쟁을 겪고는 곡선의 휴전선으로 바뀌었다네. 그새 74년의 세월이 흐르도록 분단이 고착된 것은 강대국 못지않게, 남북 정치 지도자에게도 그 책임이 있다고 생각하네. 아울러 남과 북의 백성들도 그 책임에서 자유로울 수 없을 것이네.

이웃 강대국들에게 한반도의 분단은 그들로서는 심각한 현안은 아닐 걸세. 한반도의 분단은 그들에게는 완충 역할을 하는 지역으로, 우리끼리 서로 치고받는 것을 불구경하듯 즐길 것이네. 그뿐 아니라, 그들은 무기를 팔면서 자기네 국익을 챙기는, 내면으로는 한반도의 분단이 영속되도록 조정하는지도 모르겠네. 그래서 남북통일은, 분단 극복은, 남과 북의 백성들이 손잡고 우리 스스로가 주도적으로 이뤄내야 할 숙명이라고 생각하네.

"지난 수년간 민화협이 워낙 침체되고 유명무실화돼 있어 다시 일으켜 세우는 것이 쉽지 않은 일이기도 합니다. 과거의 이 자리를 맡으셨던 분들은 고위 공직을 지내셨던 사회 원로분들이셨습니다. 그래서 '능력이나 경험에서 그분들보다 훨씬 못한 제가 맡기에 적합지 않다'고 생각하여 처음에는 사양했습니다. 하지만 아무래도 비교적 그분들보다는 젊고 부지런하게 뛸 수 있는 제가 나서서 다시 민화협을 살리는 것이 옳다고 생각했습니다. 또한 돌아가신 아버지께서 만드신 단체이기 때문에 어떻게든 살리고 싶습니다."

나는 자네의 그 취임사에 박수를 보내네. 이참에 지난날 훈장으로서 몇 말씀을 드리네.

첫째는 '진정성'이네. 지난날 우리는 하나였고, 지금은 어쩔 수 없이 갈라져 있지만 곧 하나가 돼야 한다는 그 명제를 향한 진정성이네. 꼭 그런 마음과 자세로 북의 동포들을 대해주시게. 그런 자네의 마음을 그들도 읽게 된다면 반드시 화답이 있을 것이네.

둘째는 '인내'네. 서로 총부리를 겨누고 있는 악조건 속에 화해 협력의 방향으로 물꼬를 트는 데는 어려움이 무척 클 것이네. 그때마다 정신을 가다듬어 참고 또 참으면서, 그 장애물을 이겨내시게. 아마도 자네 선친은 수구세력들로부터 온갖 비난과 고난을 감내하면서 마침내 6·15공동선언을 이뤄내신 걸로 알고 있네.

셋째는 '겸손'이네. 변함없는 겸손 앞에서는 대화 상대도 굴복하기 마련이네. 그리고 내가 베푼 것은 절대 생색내지 마시게. 우리들 가운데 일부는 퍼준다느니, 일방적인 시혜라느니 햇볕정책을 부정하는데, 긴 안목으로 볼 때 이 세상의 이치는 'Give and Take'이네. 곧 내가 베푼 만큼 그에 대한 보상은 언젠가는 돌아오기 마련이네.

넷째로 '천 리 길도 한 걸음'이라는 말을 전하네. 양자강 같은 큰 강물도 그 시작은 술잔을 띄울 만큼 가늘게 흐르는 시냇물이고, 천 길 둑도 사소한 개미구멍이 커져서 무너진다는 말이 있네. 우리가 해결해야 할 궁극 목표는 남북 평화통일이지만 거기로 가기 위해서는 앞서 서로의 마음을 녹일 수 있는 상호 방문과 체육, 예술 등 문화 교류라고 생각하네. 그동안 중단된 이산가족 상봉 사업이라든지, 금강산 관광 그리고 개성공단 재개, 각종 국제대회 단일팀 구성, 남북 문화예술인 상호 방문 공연과 같은 일들이라고 생각하네. 이런 일에도 정성을 다해 이루도록 하고, 북의 동포 만나면 진심으로 껴안고 사랑하게. 그들에게는 같은 피가 흐르고 있다는 것을 뼈에 새겨두고 명심 또 명심하시게.

나는 자네가 민족화해협력범국민회의 대표 상임의장이 된 것을 진심으로 축하하면서, 큰일을 하리라 믿어 의심치 않네.

(2018.1)

3.

첫째 날.

2018년 11월 3일 오후 3시, 금강산 호텔 2층 연회장에서 그해 4월 '판문점선언과 9월 평양공동선언 이행(리행)을 위한 남북(북남) 민화협 연대(련대) 모임'이 열렸다. 이 모임을 위해 남측에서 민화협 관계자와 각계 260여 명의 인사들이 휴전선을 넘어 금강산에 갔다. 2008년 7월 11일 금강산 길이 막힌 지 10년 4개월 만이다. 또한 북측에서도

민화협 관계자를 비롯한 수백 명의 인사들이 평양 등 각지에서 달려
왔다. 대회장에는 귀에 익은 〈반갑습니다〉라는 노래가 울려 퍼졌다.
사회자의 말에 따라 먼저 북측 민화협 김영대 회장의 연설이 있었다.
이어 남측 민화협 김홍걸 대표 상임의장의 연설이 시작됐다.

"남과 북은 결코 따로 헤어져서 살 수 없는 한 핏줄이며 한 형제입
니다."

그 순간, 대회장을 가득 메운 청중들은 거센 소나기 박수를 보냈
다. 나는 카메라 셔터를 계속 눌렀다. 카메라 앵글 속으로 그를 바라
보면서 온몸에 전율을 느꼈다.

1969년 7월 19일. 서울 효창운동장에서 열린 3선 개헌반대 범국
민규탄대회장에서 당시 신민당 김대중 의원의 연설을 들었던 게 불
쑥 떠올랐다.

"이 사람은 온갖 정성과, 온갖 결심으로써 박정희 씨에게 충고하고
호소합니다. 박정희 씨여! 당신에게 이 나라 민주주의에 대한 일천의
(조그마한) 양심이 있으면, 당신에게 국민과 역사를 두려워할 자격이
있으면, 당신에게 4·19와 6·25 때 죽은 영령들 주검의 값에 대한
생각이 있으면, 어떠한 일이 있더라도 3선 개헌은 하지 마십시오."

그때 효창운동장을 가득 메운 10만 청중은 우레와 같은 박수와 환
호를 보냈다. 그때도 나는 온몸에 전기가 흐르는 찌릿함을 느꼈다.
꼭 50년 만에 느끼는 울림이었다.

지난 10월 중순, 그가 전화를 했다.

"선생님, 11월 3, 4일 시간 좀 내주십시오."

"무슨 일인가?"

"금강산에서 '남북 민화협 연대 모임'이 있는데 모시고자 합니다."

"내가 가도 될 자리인가?"

"선생님은 작가요, 시민기자이기에 자격이 충분합니다."

"알았네."

그 전화를 끊고 난 뒤 한동안 나는 무척 망설였다. 아내는 늘 내게 충고했다. 나이가 들수록 아무 데나 나서지 말고 자리를 가리라고. 게다가 출판사로부터 내년에 나올 신간 원고 독촉을 받는 중이었다. 더욱이 감기 몸살 기운이 가을과 함께 찾아와 줄곧 동거하고 있었다. 몇 차례 불참을 통보하려다 '얼마나 고심한 뒤 초대했겠나!'라는 생각에 동행하기로 뜻을 굳혔다.

11월 3일이 밝았다. 오전 5시 40분 경복궁 동문주차장에서 만나기로 돼 있었다. 전날 열차를 타고 서울로 와서 동생 집에서 잤다. 그전에 '통일원 방북 사이버 교육'도 충실히 이수했다. 전날 잠들기 전에 만일을 대비해 알람을 맞춰놨지만 새벽 3시 50분에 잠에서 깼다. 마냥 늑장을 부리며 세수와 행장을 마쳤다. 4시 40분에 콜택시를 부르자 5분도 안 돼 도착했다.

5시 10분, 약속 시각보다 30분 일찍 도착했지만 금강산으로 가는 전세버스는 이미 도착해 있었다. 민화협 직원들이 출석을 확인한 뒤 3호차에 승차시켰다. 앞에서 두 번째 자리였다. 곧 김홍걸 의장이 도착해 많은 동행 인사들과 인사를 나누고 있었다. 나도 버스에서 내려 그에게 다가가 도착 인사를 건넸다. 버스에 오르는데 갑자기 '이것이 인생이다'라는 생각에 웃음이 나왔다. 1980년 수학여행 때 내가 김홍걸 학생의 출석을 체크했는데, 이젠 그에게 가서 출석 신고를 했기 때문이다. 출발시각이 되자 김 의장이 뜻밖에도 내가 탄 버스에 올라

건너편 자리에 앉았다. 버스가 출발하자 안내를 맡은 현대아산 직원
은 상기된 얼굴로 마이크를 잡고 소감을 밝혔다.

"꼭 10년 만에 여러 선생님들을 모시고 갑니다. 저는 현대아산 직
원 김민수입니다. 여러 해 동안 금강산행 안내원을 한 바 있습니다."

버스 차창 밖을 보니 안개가 자욱했다. 이로 미뤄 보아 날씨는 쾌
청할 듯했다.

8시 40분, 양양에 이르자 그곳에서부터는 동해를 끼고 북쪽으로
달렸다. 그새 안개는 걷혔고, 구름 한 점 보이지 않는 쾌청한 날씨였
다. 나는 그에게 지난날 국어 수업 시간처럼 황순원의 단편소설 「학」
에 나오는 '타작하기 좋은 날'이라는 구절을 상기시켰다. 오른쪽으로
동해가 비단처럼 끝없이 펼쳐졌다. 내가 감탄을 연발하자 건너편의
그가 물었다.

"몇 년 만에 다시 가십니까?"

"꼭 12년 만일세. 막힌 것은 뚫어야 하고, 끊긴 것은 이어야 하네.
자네가 이 일에 앞장서주게나."

그는 대답 대신에 고개를 끄덕였다. 그때부터 차내 정담이 시작됐
다. 그러자 옆자리에 앉았던 김정호 보좌관은 슬그머니 뒷자리로 피
했다.

"평화(平和)라는 한자를 파자해 보면 입(口)에 쌀(禾)을 골고루(平)
나누어 먹는 것일세."

"2008년 박왕자 씨와 같은 불의의 돌발 사고가 나면 그것을 원만
히 해결하고, 재발 방지를 하는 게 정치네."

이런 정담을 나누는 사이 버스는 동해남북출입사무소를 지나 군
사분계선을 지나고 있었다. 현대아산 안내원은 다소 흥분해 군사분

계선 마지막 팻말이 걸려 있었던 말뚝을 설명했다.

"1,292번째 말뚝으로 이제 표지는 오랜 세월로 낡아 사라져버리고 시멘트 말뚝만 서 있습니다."

곧이어 금강산 1만 2천 봉의 마지막 봉우리 구선봉이 반겨 맞았고, 바로 아래 감호에는 고니들이 분단의 비극은 모른 채 유유히 노닐고 있었다.

이날 오후 3시에 시작된 '남북(북남) 민화협 연대(련대) 모임'은 한 시간 남짓 뜨거운 분위기 속에서 진행됐다. 대회장 벽에는 "하나 되는 남과 북, 평화와 번영의 통일조국을 세우자" "삼천리강토 우에(위에) 자주적이고 번영하는 통일강국을 일떠세우자(기운차게 썩 일어나게 하자)"라는 펼침막이 걸려 있었다.

식순에 따라 김영대, 김홍걸, 김영숙(북측 여맹부위원장), 김주영(남측 한국노총 위원장) 등 남북 관계 지도자들이 번갈아 연설을 할 때마다 열렬한 박수가 이어졌다. 이날 가장 많이 쏟아진 말들은 "6·15시대" "민족적 화해" "조선반도에서 다시는 전쟁이 일어나서는 안 된다" "누가 뭐래도 위풍당당하게 전진해나갑시다" "민족의 존엄과 위상을 세계만방에 떨치자" "주인의 입장" "우리 민족끼리" "자주" 등 이었다.

연대 모임 행사에 이어 북측 통일음악단의 축하 공연이 새벽부터 달려온 남측 참가자들의 마음을 환하게 다독여줬다. 여독을 한방에 가시게 했다.

축하 공연 뒤 1층 로비의 의자에 앉자 북측 두 인사가 정중히 인사를 건넸다. 그들은 6·15편집사의 정혁진 부사장과 리종 부원이라고 소개했다.

"선생님은 무슨 일을 하시기에 그토록 열심히 사진을 찍었습니까?"

"나도 기자입니다."

"네에?"

"〈오마이뉴스〉 시민기자입니다."

기자라기에 재미언론인 진천규 기자를 아느냐고 묻자 그들은 깜짝 놀랐다.

"선생께서 어드러케 진 선생을 잘 아십니까?"

"제가 진 기자를 중학교 1학년 때 가르쳤지요."

"아, 네. 교원이셨구먼요. 진 선생은 우리 공화국 여기저기를 취재한 뒤 남녘 여러 곳을 다니면서 많은 강연을 하고 있다고 듣고 있습니다."

그들은 진 기자의 활동을 빠삭하게 알고 있었다. 나는 내친김에 남측 민화협 김홍걸 상임의장도 고교 시절 가르친 바 있다고 하자 그들은 더욱 놀랐다.

"스승과 제자의 아름다운 금강산 려행이십니다."

그들이 취재차 떠난다기에 덕담 한마디를 했다.

"인생을 좀 더 산 사람으로 두 기자 선생에게 한 말씀 드립니다. 하나의 신념으로 한길로 죽 사십시오."

"저희에게 등댓불과 같은 말씀입니다."

그들 두 사람은 깊이 고개 숙여 나에게 절하고는 자리를 떴다.

둘째 날.

새벽 3시 40분, 잠이 깼다. 지난밤 만찬 때 축배 또는 건배로 평양 소주, 대동강 맥주, 포도주 등을 마셨지만 아주 가뿐했다. 감기 기운도 싹 가셨다. 아마도 맑은 공기 때문인가 보다. 북쪽의 공기는 확실히 달랐다. 그도 그럴 것이 금강산관광특구 외에는 자동차가 거의 보이지 않았다. 대부분의 교통수단은 자전거였다.

내게 배정된 방은 금강산호텔 1106호였다. 커튼을 열어젖히고 베란다에 나가자 금강산 멧부리 위로 하늘의 별들이 유리알처럼 빛났다. 새벽 공기를 마음껏 들이마신 뒤 객실로 돌아와 텔레비전을 켰다. 주로 북측 선전 가요 프로그램이나 사극이었다. 텔레비전을 끄고 지난 하루를 반성, 묵상했다. 그런데 창밖에서 개 짖는 소리가 들렸다. 참 오랜만에 들어보는 소리였다. 호기심 많은 늙은 아이는 카메라를 메고 산책이라도 나가고 싶었지만 통일부 사이버 교육이나 현대아산 측 안내원의 간곡한 당부는 '돌출행동 자제'였다.

이전에 왔을 때는 금강산 온정리 야외온천을 즐겼는데 10여 년간 금강산 길이 폐쇄되어 온천장은 미처 준비되지 않은 모양이었다. 야외온천장에서 금강산 멧부리를 바라보며 온천수에 몸을 담그면 극락이 따로 없었다. 세면장으로 가자 다행히 뜨거운 물이 콸콸 쏟아졌다. '꿩 대신 닭'으로 그 물로 몸을 닦자 몸과 마음이 가뿐해졌다.

7시, 아침을 먹고자 2층 연회장에 갔다. 뷔페식이었다. 반찬들과 여러 종류의 죽, 밥 들이 아주 깔끔해 보였다. 거기에 적힌 이름들이 예뻐 취재 수첩을 꺼내 하나하나 기록해봤다.

"무우초침, 고비나물, 청포무침, 김구이, 돼지장조림, 청어조림, 닭알장졸임, 모두부와 양념, 통배추김치, 무나박김치, 팥죽, 닭알죽, 녹두밥, 고구마밥, 배추장국, 미역국……."

죄다 조금씩 먹고 싶었지만 아침은 늘 가볍게 먹던 버릇 때문에 녹두밥과 배추장국 중심으로 조금 먹었다. 입맛이 산뜻했고, 어린 시절에 먹었던 음식에 대한 향수를 느끼게 했다.

9시 30분, 삼일포 관광에 나섰다. 나는 구룡연 코스나 만물상 코스 중 하나를 택할 것이라 예상했는데, 예상 밖이었다. 아마도 300명 가까운 대식구에다가 노년층이 많기에 그곳을 선택한 모양이었다. 그곳으로 가는 길에 북녘 농촌의 늦가을 풍경을 엿볼 수 있었다. 가을걷이가 모두 끝난 들판은 썰렁했다. 어디 북녘뿐이겠는가. 마을길과 들길에는 띄엄띄엄 북녘 사람들이 자전거를 타고 다녔다.

숲속의 삼일포소학교는 내 어린 시절 구미 동부국민학교나 서부국민학교를 보는 듯, 기와지붕의 단층 교실이 있었다. 장대로 만든 축구 골문이 있는 운동장은 소년 소녀들이 땅따먹기놀이나 고무줄놀이, 자치기 등을 하며 놀던 내 어린 시절을 연상케 했다. 삼일포 어귀 주차장에서 내린 다음 걸어서 유원지로 갔다. 이미 10여 년 전에 두 차례나 둘러본 삼일포였지만 새삼스러웠다.

북쪽 여성 안내원들은 모처럼 찾은 남쪽 관광객을 맞자 제철을 맞은 매미처럼 아주 신이 났다. 삼일포의 유래, 해금강 부부의 전설 등을 아주 곰살맞게 들려줬다.

"우리나라는 예로부터 산천이 아름답습니다. 산천이 아름다운 곳에서는 사람도 아름답습니다. 이런 아름다운 고장에 태어난 사람들이 왜 북과 남으로 나뉘어 살아야 합니까? 하나 된 나라, 둘로 나눠진 민족이 하나로 될 때는 세계 최강국이 될 것입니다. 우리 서로 손잡고 통일강국, 천하제일의 강국을 건설하지 않으렵니까?"

삼일포 쇠다리를 건너다가 남북 민화협 지도자를 만났는데, 김홍걸 의장이 북측 김영대 회장에게 나를 소개했다.

"저의 고등학교 선생님입니다."

김 회장이 깜짝 놀라면서 말했다.

"스승님을 금강산에 모셔오셨구먼요. 아주 보기에 좋습니다."

다시 온정리 금강산 호텔로 돌아와서 점심을 들었다. 아침과 비슷한 메뉴였다. 한복을 곱게 입은 권미송이라는 안내원이 내 접시에 부족한 반찬을 이것저것 날라줬다. 그는 간밤 저녁에도 그랬다. 나는 식사 뒤 떠나오면서 그에게 작별인사를 했다. 그러자 그가 무척 아쉬운 얼굴로 말했다.

"선생님, 지금 헤어지면 언제 다시 만나게 되지요?"

나는 그 말에 얼른 대답하지 못한 채 뒤돌아섰다. 갑자기 눈물이 왈칵 쏟아졌다. 우리는 한 마리 제비로 곧 봄이 오는 소식을 전하러 북녘에 왔다. 분명히 이 땅에도 반드시 봄이 올 것이다. 하지만 나는 돌아오기 힘들 것이다. 나이가 많아지면 눈물도 흔해지는가?

오후 2시, 남측 방문단은 갈 때와는 역순으로 서울로 돌아왔다. 북측사무소, 남측사무소에서 또 두 번의 짜증나는 소지품 검사와 통관 업무를 거쳐야 했다. 나는 옆자리에 있는 김 의장에게 부탁했다.

"금강산 방문 사업을 재개한다면 남북으로 나눠진 출입사무소를 하나로 통합하도록 추진하게나. 언젠가는 이런 절차 없이 마음대로 관광할 수 있는 그날을 앞당겨주기도 하고. 이 번잡한 절차가 싫어서 금강산 방문을 포기하는 사람도 있을 것이네."

그는 고개를 끄덕이며 내 말을 솔깃하게 들었다.

금강산 행사가 치러진 이틀 동안은 더없이 쾌청한 날이었다. 남쪽 방문자들도 날씨처럼 모두 흡족한 낯빛이었다.

4시, 남쪽 출입사무소를 통과한 뒤, 김 의장에게 마무리 말을 했다.

"이번 행사는 하늘이 돕고, 땅이 돕고, 사람이 도와줬네. 더욱 자중자애하면서 통일의 물꼬를 트기 위한 민화협의 활동을 부탁드리네. 하늘에 계시는 자네 아버지가 큰 수고 했다고 흐뭇한 미소를 보낼 것이네."

9시 56분. 강남터미널에서 원주로 향하는 버스에 올라 막 출발하려는데 문자가 한 통 왔다. 김홍걸 의장이었다.

"선생님, 조심해서 가십시오."   (2018.11)

어느 행복한 날

2007년 2월 하순, 내가 미국 메릴랜드주 칼리지파크의 미국 국립 문서기록관리청(NARA)에 출근할 때다. 그때 미국행은 세 번째인 데 다가 방문 목적은 한국전쟁 사진 자료 수집이기에 조용히 다녀올 심 산이었다. 미국 체류 일정도 빠듯하고 '시간이 돈'인 미국 사회에서 특별한 용무도 없이 친구나 제자를 만나는 것은 큰 결례라는 걸 알았 기 때문이다. 3차 방미는 항공료를 아낀다고 값싼 표를 샀더니 샌프 란시스코에서 환승하는 번거로움으로 인천 공항을 출발한 지 무려 20시간 만에 워싱턴 덜레스 공항에 닿았다.

그동안 재미 동포 박유종 선생이 두 차례나 도와주셨는데, 그때도 팔을 걷어주셨다. 미국에 도착한 첫날(2.27)은 워싱턴에 진눈깨비가 내리는 날씨로 무척 쌀쌀했다. 지난번에 묵었던 메릴랜드주립대학 대학촌의 한 숙소에 여장을 풀고 인터넷을 연결하는데 그새 유선에 서 무선으로 바뀌었다. 한국이라면 아들에게 물어 쉽게 해결할 수 있 지만 그 방법을 몰라 인터넷 연결을 포기했다.

이튿날 퇴근 후 숙소로 돌아오자 특별히 할 일도 없고 시차로 잠도 오지 않았다. 나도 그새 인터넷에 중독됐는지 좀이 쑤셨다. 한인 식당 종업원에게 한글을 쓸 수 있는 PC방을 묻자 가까운 거리인 대학촌에 있는 한국인 PC방을 가르쳐주었다. 그곳에 가서 48시간 만에 메일함을 열자 모두 여섯 통의 메일이 도착해 있었다. 그 가운데는 뜻밖의 메일이 있었다.

> 선생님 안녕하세요? 저 이미진이에요. 선생님이 이곳에 오신다는 소식을 동창에게 듣고 연락 드리는데 혹시 저를 기억 못 하실까 염려도 되네요. 저는 메릴랜드주 락빌에 살고 있어요. 제 번호를 남깁니다. 이곳에 오시면 꼭 연락 주세요. 그럼 조심해서 오세요.
>
> — 미진 올림.

메일을 읽고 곧장 전화를 걸자 수화기를 통해 반가운 목소리가 흘러나왔다. 내가 그에게 '자네 2학년 때 내 반이었고 얼굴도 예쁘고 글도 글씨도 아담하게 잘 썼을 뿐 아니라 교내 문예 현상공모 산문 부문에 당선까지 하지 않았느냐'고 어제 일처럼 얘기하자, 그의 기우는 곧 감탄사로 변했다.

그새 27년 전 일이지만 나는 그때 72명이나 되었던 이대부고 2학년 2반 학생(문과 반에 몰린 탓으로 학생 수가 많았다)들을 여태 거의 기억하고 있었다. 몇 해 전 그들 동기의 입학 20주년 모임에 초대받아 가서 한 10여 분간 그날 참석한 동기생 하나하나의 추억담을 얘기했다. 아무개 녀석은 슬리퍼 신고 설악산에 오른 얘기와 수학여행 중 한 여학생이 한밤중에 남학생 방으로 내려가려다가 계단에서 붙잡힌 얘기까지 하자, 그날 참석한 제자들은 탁자를 치며 내 기억력에 감탄했다. 그래서 한마디 말했다.

"얘들아, 나는 작가야. 모름지기 작가는 과거를 우려먹고 사는 사람이란다."

나는 33년간 교단에 섰는데, 초기 10여 년 동안 가르쳤던 학생들에 대한 추억들은 지금도 어제 일처럼 기억이 또렷하다. 그런데 그 이후 학생들은 시간적으로는 더 가까운데도 오히려 기억은 더 희미하다. 그것은 내 교단 경력이 거듭될수록 순수성에 때가 묻었고, 보충수업, 야간자율학습, 특기적성교육 등이 극성을 부렸기 때문이다. 교사들은 그런 일에 진이 빠진 탓으로 가장 중요한 학생들의 개성을 파악하고, 적성을 길러주고, 그들의 아픔을 보듬어줄 수 있는 시간이 없었기 때문이다.

그는 대뜸 나를 곧장 자기 집으로 초대했다. 그가 사는 락빌은 공교롭게도 박유종 선생이 거주하는 마을이었다. 이튿날 박 선생님의 허락을 받아(나는 운전면허증이 없고, 그도 시내 운전은 서툴다기에) 그의 초대에 응했다. 나는 그에게 폐를 끼치고 싶지 않아 주말에 바깥 한식집에서 만나기를 원했지만, 그는 굳이 자기 집으로 초대했다. NARA에서 그날 일과를 서둘러 마친 늦은 오후에 출발하여 그의 집에 이르자, 세 식구가 반갑게 맞았다. 원자력 회사에 다니는 남편은 한국으로 출장을 갔다고 하면서 그와 아들과 딸이 우리말로 반갑게 맞았다. 그의 집은 조용한 주택가 3층으로 그림처럼 예뻤다.

그의 집 거실 식탁에는 고국에서 온 와룡선생을 위해 한국 요리가 깨끔하게 차려져 있었다. 온갖 나물이며 육류와 해산물에, 복분자 술과 후식 과일 등으로 옛 훈장을 마치 딸네 집에 첫 나들이한 친정아버지처럼 접대했다. 그러면서 그는 밥상머리에서 이야기보따리를 쉴 새 없이 풀어놓았다. 졸업생 가운데 미국에 사는 친구들의 소식과 국내 친구들의 소식까지, 마치 종달새가 노래하듯 전해주었다. 그의 이야기에 나도 옛날로 돌아가 그들의 광장에 한몫 끼었다. 미국에 사는 친구의 이야기가 바뀔 때마다 전화로 연결하여 서로 안부를 묻곤 했다.

이튿날 그에게 감사의 전화를 하자 선생님을 만난 어제가 매우 행복한 날이었다고 송알송알 얘기를 했다. 그는 이웃에게, 교회 친구들에게 고2 때 담임선생이 간밤에 다녀갔다고 하자 매우 부러워하여 정말 행복했다고, 다음에 올 때도 꼭 찾아달라고 거듭 간청했다. 나도 그가 행복하게 사는 모습을 보니 무척 기뻤다. 바쁜 미국 생활에 옛 담임선생을 잊지 않고 초대해줘서 정말 눈물겹도록 고마웠다. 나 또한 그날이 참으로 행복한 날이었다.

(2007.2)

36년 만에 찾아오다

5월 초순 어느 볕 좋은 날 오후, '박도글방'에서 창밖 멀리 백운산을 바라보며 원고를 가다듬고 있는데 손전화 진동이 울렸다.

"선생니임! 저 정애예요."

"김정애? 이정애?"

"김정애예요. 저 고2 때 수학여행 가서 선생님이 저를 업어주셨잖아요."

그 말에 나는 금세 그때의 일들이 어제 일처럼 떠올랐다.

"그래, 김정애! 반갑다."

"선생님, 찾아뵙고 싶어요."

"고맙다. 전화만으로도."

"아니에요. 선생님. 선생님이 저를 업어줄 때는 날씬했는데 지금은 많이 뚱뚱해졌어요. 저 뚱뚱해진 모습을 보여드리고 싶어요. 정수 씨(남편)가 해외 출장에서 돌아오는 대로 같이 찾아뵐게요."

"꼭 나를 만나고 싶다면 너희는 바쁜 사람이니까 시간이 많은 내가 서울로 갈게."

"아니에요. 선생님. 저희가 마땅히 찾아봬야지요."

이런저런 추억담 끝에 그는 남편과 함께 5월 12일 내가 사는 원주로 오기로 약속했다. 그의 전화가 나를 추억의 세계로 이끌었다.

1980년 여름방학 중에 우리 학교(이대부고) 2학년 학생들은 설악산으로 수학여행을 갔다. 하필 방학 중에 수학여행을 간 사연은 이랬다. 나는 1976년 이 학교에 부임했다. 이전 학교와는 달리 여러모로 이상적인 학교였다. 정말 학생들을 위한, 학생을 존중하는 조그마한 학교였다. 다양한 교내 행사는 학생들의 학교 생활을 즐겁게 할 뿐 아니라, 그들의 소질과 적성을 발굴해주었다.

새 학기가 시작하면, 신입생 환영 구기대회, 합창경연대회, 등산 소풍, 생활훈련, 부활절 예배 등 교내 행사들이 줄을 이었다. 그 행사가 끝나면 이 학교 최대 축제인 10월 24일 유엔의 날에 치러지는 '교내 모의올림픽대회' 준비에 들어갔다. 중고 전교생을 6대 주로 나눠 출전케 하여 이대 대운동장에서 치러지는 이 모의올림픽대회는 재학생뿐 아니라 졸업생들까지도 참여하는 큰 잔치였다. 그 행사가 끝나면 연말 마무리 겸 성탄 예배를 준비하는 등, 학교는 1년 내내 크고 작은 행사가 줄을 이었다. 그러자 교내외에서 이대부고는 공부는 하지 않고 '노는 학교'라는 비판이 들리기도 했다.

1980년에 부임한 제6대 정식영 교장선생님은 취임 첫 말씀으로 교내 전 행사를 대폭 정비한바, 모든 교내 행사는 수업시간과 수업일수를 침해하지 않는 교과시간 내 이루어지게 특단의 긴급조치를 내렸다. 그러자 학생회에서, 교사들의 학년회에서 일부 행사의 부활을 끊임없이 건의했지만, 교장선생님의 방침은 요지부동이었다. 그해 나는 2학년 2반 담임을 했는데 어느 하루 용감하게 교장실로 갔다.

"교장선생님, 갑자기 학교 행사를 대폭 폐지하자 학생들과 선생님들이 마치 숨통을 조인 것처럼 매우 힘들어합니다. 저희 2학년 가을 수학여행만은 허락해주십시오."

"안 됩니다. 수학여행으로 수업일수를 침해할 수는 없습니다."

"수학여행도 수업의 연장입니다."

"잘 알고 있습니다. 모든 학교 행사가 다 수업의 연장이지요."

그 순간 나는 묘안이 떠올랐다.

"그럼 수업일수는 침해치 않고 수학여행을 다녀오겠습니다."

"네?"

"여름방학 중에 가겠습니다."

"……."

"개학 3일 전에 수학여행을 가면 수업일수도 침해하지 않고 여행지도 한가할 겁니다."

한동안 생각에 잠기시던 교장선생님은 마침내 입을 여셨다.

"그럼 박 선생이 인솔 책임을 지고 갔다 오시오."

그래서 그해 8월 17일부터 19일까지 2박 3일의 설악산 수학여행이 성사되었다. 그때 우리 학교 학생들은 수학여행 중 돌아볼 산과 바다 등 대자연 풍경보다 밤 행사에 관심이 더 많았다. 그들은 두 밤에 있을 행사를 위해 여름방학 중에도 몰래 등교하여 준비를 했다. 조별 장기자랑, 촌극 대회, 미스 유니버스 대회 등과 행사 피날레인 포크댄스 등이었다.

수학여행 첫날 행사는 조별 촌극 및 미스 유니버스 대회로 밤 10시 무렵에야 끝났다. 숙소 아래층은 여학생, 위층은 남학생으로 분류

하여 취침을 시켰지만 학생들은 잠 자려고 수학여행을 왔느냐며 밤새 노는 바람에 교사들조차도 거의 뜬눈으로 지샜다.

이튿날 궂은비가 쏟아졌다. 오전 비가 잠시 그친 틈에 설악산 비룡폭포를 등반했다. 오후에도 계속 비가 내려서 계획했던 울산바위 등반은 포기하고 중간지점인 계조암(흔들바위)까지만 오르기로 했다. 우산이나 우의를 갖추지 못한 학생들이 많았다. 계조암에 오르자 갑자기 또 폭우가 쏟아졌다. 잠시 비를 피한 뒤 가랑비 속에 하산했다. 그때 한 여학생이 오한으로 주저앉았다. 그새 비를 맞아 입술이 파랬다. 아마도 간밤에 잠을 제대로 자지 못한 데다가 오전 등산으로 지친 듯했다.

그는 내 반 학생은 아니었지만 등에 업었다. "박 선생이 인솔 책임을 지고 갔다 오시오"라는 교장의 엄명이 떠올랐기 때문이다. 다행히 그는 몸이 날씬해서 가벼웠다. 그의 담임선생님과 교대하면서 평지인 설악산 소공원까지 그를 업고 내려왔다.

다행히 이튿날은 날씨가 화창하여 여정대로 전 코스를 답사한 뒤무사히 귀가했다. 학교 운동장에서 해단식을 하자 남학생들이 몰려와 나를 번쩍 들어 헹가래를 쳤다. 하지만 나는 그 일로 사흘 동안 종아리 근육통을 앓았다. 아무튼 악천후 속에 강행했지만 아무런 사고 없이 무사히 돌아왔던, 참 즐거웠던 수학여행이었다.

5월 12일 11시 30분, 내가 원주공항 버스 주차장에 내리자 그가 달려와 나를 껴안았다. 이어 그의 남편 이정수도 나를 껴안았다. 그들 부부는 고1 때 한 반이었던 급우였다.

"선생님, 늦게 찾아봬서 죄송해요."

"아닐세. 그동안 열심히 사느라고 그랬을 테지."

"늘 마음에는 있었지만……. 이제 딸이 대학생이 되자 조금 여유가 생겼어요. 사실 제 딸은 바이올린을 전공하는데 그동안 제가 로드 매니저 역할을 했거든요."

"이제라도 찾아줘서 고맙네. 자네들을 만난 이후 36년의 세월이 지났는데도 아직도 잊지 않고 찾아준 것만으로도."

우리 세 사람은 신록이 눈부신, 아카시아 꽃향기가 만발한 강원 산골 속살을 헤집고 둔내로 가서 한 밥집에서 맛있는 점심을 먹었다. 그런 다음 내가 6년 남짓 살았던 안흥 산골마을로 가서 안흥찐빵을 맛본 뒤 거기서 가까운 자작나무숲 미술관에 가서 차담을 나눴다.

"자네들은 어떻게 결혼을 하게 됐나?"

정수가 말했다.

"제가 중학교 졸업 후 수술 후유증으로 고교 입학이 두 달 늦었습니다. 5월에야 등교하게 되었는데 어느 날 운동장에 있는 한 여학생을 보는 순간 심장이 멈추는 듯한, 온몸이 오싹하는 느낌을 받았습니다. 그 여학생 스커트 빛깔을 보니까 같은 고1이었어요(그때 여학생 스커트의 체크무늬는 학년마다 색깔이 달랐음). 그래서 그 여학생을 찾으려고 1반, 3반, 4반 교실을 기웃거려도 없었어요. 그런데 그 여학생이 바로 우리 반에 있었어요. 고1 생활 훈련 때 처음으로 손을 잡게 되었고……. 고1 가을부터 10년 동안 거의 날마다 제가 정애네 집까지 바래다주었어요(그들은 같은 연세대학교를 다녔다). 그때부터 이제까지 한결같은 마음으로 저는 정애의 보디가드 및 마부가 되었습니다."

그 말에 이어 김정애 씨가 말했다.

"제 인생에 가장 잘한 일은 지난 26년 동안 시부모를 모시고 산 거예요.”

나는 그 말이 믿기지 않아 재차 확인했다.

“정말이에요. 두 분은 평생 큰소리 한 번 없이 사시고, 손자 손녀들에 대한 사랑이 지극하십니다.”

나는 그들 부부의 만남을 앞두고, 우선 옷장의 양복을 세탁소에 맡겼다. 아무래도 그들과 마지막 만남일 것 같은 예감에서였다. 방문 선물로 내가 강원도 안흥산골에서 고양이와 살았던 이야기를 쓴 산문집『카사, 그리고 나』를 꺼내 후 속지에다가 만년필로 ‘가화만사성(家和萬事成)’을 일필휘지로 썼다. 그 책을 그들 부부에게 건네자 정수가 말했다.

“제가 가장 좋아하는 말씀입니다.”

내가 군말로 부부 해로의 비결을 일러주었다. ‘한눈만 뜨고 살라’는 것이다.

“저는 정애 씨를 처음 만날 때부터 이제까지 그렇게 살고 있습니다.”

그날 정수의 눈길에서도 빈말이 아님을 직감할 수 있었다. 그들 부부에게 내 말은 그야말로 골동품 같았기에 그만 입을 닫았다.

정애가 말했다.

“선생님, 정장을 하신 모습이 좋아요.”

“어쩌면 오늘 자네들과 마지막 만남이 될 것 같아서 신경을 좀 썼네.”

“선생님, 무슨 그런 섭섭한 말씀을.”

“내가 언제까지 살지는 모르지만, 더 늙으면 내 편에서 만남을 거부할 걸세. 그건 나의 자존심이지.”

헤어지고 세 시간 후 내 손전화에 문자가 왔다.

"선생님, 오늘 하루도 수학여행 때처럼 즐겁고 신나는 좋은 추억으로 만들어주셔서 감사드립니다. 늘 건강하시고, 행복한 맑은 날들이기를 기도합니다! 저희 안전 귀가했습니다. — 정수·정애 올림."

(2016.5)

이제 빚지고 살지 맙시다

아내는 늘 나에게 교육을 한다.

"이제 세상도, 시대도 바뀌었으니까 며느리나 딸에게 밥 얻어먹을 생각은 아예 말고, 당신 밥은 스스로 챙겨 먹는 자립 생활을 하세요."

아내는 말로만 교육을 하는 게 아니라 자주 실습을 시키기도 한다. 아내가 나들이할 때가 내 실습 기간인데, 그래도 아내는 미리 반찬은 다 준비해두고, 밥도 해두거나 전기밥솥에 스위치만 켜면 되도록 해놓는다.

며칠 전 혼자 점심을 차려 먹으려는데 갑자기 김치볶음밥을 해 먹고 싶었다. 그래서 김치를 꺼내 도마 위에 놓고는 예사 때보다 아주 잘게 칼로 썰었다. 이즈음 내 잇몸과 이에 통증이 생긴 탓이다. 김치를 잘게 써는데 갑자기 아버지 생각이 떠올라 울컥했다.

아버지는 늘그막에 내 집에 오시면 매끼마다 아내에게 일렀다.

"어멈아, 김치를 쫑쫑 잘게 썰어다오."

아내는 시아버지 분부대로 김치를 잘게 썰어 다른 그릇에 담아드렸다. 그러면 아버지는 거기다가 밥과 김 등을 넣은 다음 맛있게 비

벼 드셨다. 헤아려보니 그때 아버지 나이가 꼭 지금 내 나이다. 늙을
수록 부모를 닮아간다는 말은 적확했다.

　나는 평소 익힌 솜씨로 프라이팬에다 참기름을 넣고는 잘게 썬 김
치와 밥을 넣고 거기다가 김, 그리고 날계란까지 깨트려 넣어 비벼
볶은 뒤 맛있게 먹었다. 그런 뒤 소금물로 양치질을 했지만 잇몸 통
증이 멎지 않았다. 서울 목동에 있는 단골 치과의원에 전화를 걸자
간호사가 반겨 받으며 다음 날로 예약을 주었다.

　강원도로 내려온 이듬해 여름, 우리 가족은 삼척 갈남마을로 피서
를 갔다. 주인은 귀한 손님이라고 손수 뗏목을 타고 바다로 나가 전
복, 홍합, 소라 등 해산물을 한 바구니 잡아와서 곧장 밥상에 올렸다.
그 가운데 큼직한 홍합을 입에 넣고 씹는데 '우직' 소리가 났다. 씹은
것을 뱉어보니까 자그마한 돌과 이빨 부서진 조각이 나왔다.

　그때부터 치통을 자주 앓게 되었는데 어느 하루는 통증이 몹시 심
해 그 무렵 내가 살던 안흥에서 가까운 횡성읍의 한 치과에 갔다. 치
과의사는 내 이를 살피더니 곧 몽땅 뽑고는 틀니를 하자고 했다. 나
는 그 말에 매우 큰 충격을 받았다.

　'내가 벌써 틀니를 할 나이인가?'

　'내 이가 그렇게 삭아버렸나!'

　나는 응급처치만 받고 집으로 돌아왔다. 거울을 통해 내 이를 보
면서 깊은 충격과 고뇌에 빠졌다. 우선 당장의 고통에 벗어나기 위해
서는 의사 말대로 뽑고도 싶었지만 아프지도 않은 생니까지 몽땅 뽑
는 일에는 수긍이 가지 않았다. 그래서 수첩에서 오랜 단골 치과를
찾아 전화로 예약을 하고는 서울로 달려갔다. 1970년대부터 드나들

기 시작한 연세치과 김 원장은 본래의 이를 치료하여 살리는 데 주력하는 분이라 늘 그 점이 마음에 들었다.

김 원장은 오랜만에 내 이를 보고는 "쓸 수 있는 한 치료해 써보자"고 잇몸 치료와 이 치료를 정성껏 해주었다. 그래서 그날 이후로 치과 진료만큼은 강원도에서 먼 거리임에도 꼭 서울 목동 단골 치과에서 진료를 받고 있다.

다음 날, 치과에 갈 때 이제는 김 원장이 나에게 틀니를 해야 한다고 해도 별 수 없다고 미리 마음속으로 작정했다. 그리고선 담담히 진료를 받는데 김 원장은 이전과 똑같은 말을 했다. 그런 뒤 아주 알뜰하게 치료를 해주고는 잇몸 치료가 끝난 뒤 그 부분만 의치를 하자고 친절히 말해주었다. 진료를 끝내고 처방전을 받으면서 진료비를 묻자 간호사가 원장님이 강원도에서 멀리 오셨는데 받지 말라고 했다며 끝내 받기를 거부했다.

다음 일정은 상암동에 있는 눈빛출판사에 들르는 일이다. 약속시간이 촉박해 약국에 가는 일을 미루고 곧장 출판사로 갔다. 지난번에 나온 책의 인세 정산과 새로 나올 책에 대한 의견을 나눈 뒤 돌아오는데 굳이 출판사 대표가 1층 현관까지 배웅을 했다. 그때 갑자기 소나기가 퍼부었다. 이 대표가 손전화로 직원에게 우산 준비를 시키는데 마침 바로 앞에 한 약국이 보였다. 잠깐 기다리는 새 처방전 조제를 해야겠다고 들어가자 흰 가운을 입은 약사가 커다란 눈의 동공이 더욱 커지면서 소리쳤다.

"어머! 박도 선생님 아니세요?"

"너 미영이지?"

"어머, 여태 제 이름을 기억하시네요."

"그럼, 너 이대 후문 봉원동 버스 종점에 살았잖아."

"제가 1985년에 졸업했으니 그새 25년이 지났습니다. 그런데도 저를 기억해주시고. 선생님 옛 모습이 하나도 안 변했어요. 목소리도 그대로고요."

"그럴 리가."

그는 처방전에서 내 이름을 새삼 확인하고는 정말 옛날 국어 선생님을 만나 기분 좋은 날이라고 좋아했다.

"꼭 텔레비전 프로를 본 것 같습니다."

약사 곁에서 보조하는 직원이 말했다. 이미영 약사는 잠깐 동안 동창들의 소식, 자기 남편과 아이 이야기까지 들려주었다. 그때 출판사 직원이 우산을 가지고 왔기에 약봉지를 받으며 약값을 치르고자 돈을 꺼냈으나 그는 한사코 받기를 거부했다. 나는 출판사 직원에게 최근에 펴낸 『영웅 안중근』을 이 약사에게 전해줄 것을 간곡히 부탁하고는 원주로 내려왔다.

귀가 후 아내에게 그날 있었던 일을 얘기하자 한 소리 했다.

"이제 빚지면 갚을 날이 없으니 빚지고 살지 맙시다."

그래서 내가 말했다. 제자에게는 이미 책 한 권을 전해주었으며, 목동 치과에는 당신이 부탁해 횡성농민회원이 유기농으로 농사지은 옥수수 한 상자를 보내주자고.

이튿날 이미영 약사에게서 전화가 왔다.

"선생님, 저 지금 막 블라디보스토크에서 하얼빈으로 가는 열차를 타고 있어요. 선생님 덕분에 안중근 의사를 뒤따라 일백 년 전 러시아와 중국 여행 잘 합니다. 고맙습니다."　　　　　　　　　　(2010.7)

하늘 보고 웃지요

나는 늘그막에 강원도 두메산골에 살고 있는데 지난 인연으로 여기저기서 부르는 일이 잦다. 하지만 지난 인연을 거의 끊다시피 지내고 있다. 한번 나들이를 하면 시간 낭비도 많거니와 도시 바람을 쐬고 나면 그 후유증은 여러 날 가기 때문이다. 그러나 거절할 수 없는 건 제자들의 청이다. 나는 그들에게 말빚을 많이 졌기 때문이다.

며칠 전 전화를 받고 보니 20여 년 전 제자 박상윤 군이었다. 그동안 찾아뵙지 못했다는 다정한 목소리의 인사말에, 나는 아직도 잊지 않고 기억해줘서 고맙다는 말로 답했다. 그가 안부 끝에 보고 싶다고 말하기에 나도 그렇다고 답해버렸다. 그와 약속한 날 서울행 버스를 타고 가는데 이런저런 생각이 떠올랐다.

1991년 2월 초순 졸업식을 며칠 앞둔 일요일 오후, 그로부터 전화가 왔다.

"선생님, 바쁘세요?"

"아니."

"그럼 잠깐 기다리세요. 아버지를 바꿔드리겠습니다."

나는 그를 2, 3학년 두 해 동안 담임했다. 그는 2년 연속 학급 반장을 했고, 마침 자기가 꼭 가고 싶었던 대학에 합격했다.

"선생님, 감사합니다. 덕분에 제 자식놈이 대학에 합격했습니다."

"아닙니다. 본인이 열심히 공부했기 때문입니다."

"다 선생님 덕분입니다. 오늘 마침 제가 쉬는 날이라 선생님을 모시고 싶습니다. 지금 곧 제 차로 모시러 갈 테니 사모님과 함께 외출할 준비를 해주십시오."

미처 거절할 새도 없이 전화가 끊겼다. 박 군의 아버지는 개인택시 기사였다. 수화기를 들려다가 그만두었다. 아내에게 동행을 제의했으나 사양했다. 아내는 이전부터 이런 일에 따라나서는 일이 없었다. 잠시 뒤 바깥에서 차 소리가 들렸다. 담 밖으로 내려다보니 부자가 택시에서 내려 내 집으로 걸어오고 있었다. 모범택시의 미터기에는 '쉬는 차'라는 덮개가 씌워 있었다. 박 군의 아버지는 정중히 당신 차 뒷자리로 안내하고는 핸들을 잡았다.

"선생님, 좋은 음식점 아시면 말씀해주십시오. 제가 오늘은 어디든지 모시겠습니다."

나는 가능한 값싸고 간소한 곳으로 가고 싶었다. 문득 동료들끼리 이따금 찾았던 서오릉 앞 돼지갈빗집이 떠올랐다.

"서오릉이 좋겠습니다."

"네? 호텔 뷔페나 유명 음식점, 서울 시내 어디든지 말씀만 주십시오. 제가 모시겠습니다."

"아닙니다, 아버님. 저는 거기가 좋습니다."

"정히 그렇다면 말씀대로 모시겠습니다."

박 군의 아버지는 핸들을 잡은 채 유쾌하게 이런저런 얘기를 했다. 그런데 서오릉 앞 돼지갈빗집을 그냥 지나쳤다. 내가 얼른 이곳이라고 차를 멈추라고 일렀지만 막무가내였다.

"오늘같이 좋은 날, 아무렴 선생님을 돼지갈비로야 대접할 수 있습니까?"

박 군의 아버지는 서오릉에서 조금 떨어진 숲속의 고급 소갈빗집으로 안내했다.

"충청도 촌놈이 서울 와서 출세했지 뭡니까? 하, 이놈이 대학에 붙다니. 선생님, 정말 너무 기쁘고 감사합니다. 요즘 손님들은 온통 대학입시 얘기뿐입니다. 손님 가운데 당신 자식이 대입에 실패하여 걱정이라는 얘기를 들으면, 그저 하늘 보고 웃지요."

박 군의 아버지는 당신이 살아온 가난했던 시절을 얘기하면서 평생소원을 이룬 양 감격해 했다. 그러면서 아들에게 선생님의 은혜는 끝까지 잊어서는 안 된다는 당부의 말을 거듭 했다.

"요즘 핸들을 잡으면 절로 힘이 솟구칩니다."

두어 시간 후 집으로 돌아왔다. 차를 돌릴 수 없는 내 집 앞 좁은 골목길을 끝까지 올라왔다. 내가 그만 돌아가라고 해도 막무가내였다.

"선생님, 염려 마십시오. 제 직업이 택시기사 아닙니까? 그대로 후진하면 됩니다."

박 군의 아버지는 군이 차에서 내려 내 집 앞 돌계단까지 따라왔다. 차나 한잔 들고 가시라는 나의 제의를 끝내 뿌리치고는 어둠 짙은 골목길로 멀어져갔다.

그날 이후 보름이 지났을 무렵, 박 군의 아버지가 과로로 돌아가셨다는 비보를 받고 빈소가 마련된 그의 집을 찾아갔다. 무리하게 택시를 운행한 탓으로 과로사를 하신 것이다. 박 군은 대학 재학 중에도 이따금 학교로 찾아주었는데 그 이후로 뜸했다. 아마도 군 복무와 취업 등으로 시간 여유가 없었나 보다.

그와 인사동 한 한식집에서 저녁밥을 같이 나누고 떠나오는데 그는 작은 쇼핑백을 건네며 작별인사를 했다.

"선생님이 편케 해줘서 2년간 반장을 한 것 같습니다. 그 점 늘 감사하게 생각합니다."

그의 뒷모습에 "그저 하늘 보고 웃지요"라고 말하시던 아버지의 모습이 어른거렸다. 아마도 그의 아버지는 하늘에서 이 장면을 내려다보며 흐뭇이 미소 지을 것이다.

(2008.9)

카페 간세다리

가족 여행으로 제주도에 갔다. 도착 이튿날 오후, 조천읍 사려니 숲길을 산책했다. 거기서 가까운 관음사를 둘러봐도 초가을 해가 중천에 걸려 있었다. 나는 문득 그가 생각났다. 내가 문자로 주소를 묻자 곧 답이 왔다.

"내비에 납읍초등학교를 입력하시면 됩니다."

나는 그 문자를 핸들을 잡은 아들에게 전했다. 그러자 아들은 포장이 잘 된 길로 사뿐히 달렸다.

그는 1982년 3월 2일, 내 반에 배정된 단발머리 소녀였다. 그 무렵 학급 담임의 입학식 첫날 가장 큰 고역은 신입생들을 신장순대로 세워 출석 번호를 정리하고, 그들 자리를 배정하는 일이었다(그 뒤 출석 번호는 가나다순으로 바뀜). 여학생들은 키대로 줄을 세우고 번호를 정하자면 죄다 뒤로 가거나 발뒤꿈치를 슬쩍 드는 등, 특히 앞 번호 배정받기를 매우 싫어했다. 그래서 오랜 담임 경험으로 얻은 나의 노하우는, 신장이 작은 학생을 미리 점찍어두고 그에게 먼저 칭찬의 말을 잔뜩 늘어놓는 거였다. 그해 내 반 여학생 가운데 나는 그를 미리 점

찍은 뒤 말했다.

"너 참 눈빛이 맑고 예쁘구나. 선생님은 말이야, 1번 학생은 아무나 안 시켜. 1번 학생은 우리 학급을 대표하거든. 선생님은 네가 1번을 했으면 좋겠다."

그는 그 말 탓인지 아무 말 없이 여학생 1번을 순순히 받아들였다. 그런데 그는 내가 한 말이 건성이 아닌 걸 증명했다. 그는 정말 눈빛도 맑은 아주 깜찍하고 예쁜 학생으로, 늘 단정한 교복 차림에 머리카락은 한 올 흐트러짐이 없었다. 이듬해 설날 그는 학급 친구들과 비탈이 심한 산동네 구기동 내 집을 찾아왔다. 그는 고교 졸업 후에도 7~8년 동안 해마다 정초면 꼭 찾아왔다.

그는 서울교육대학교에 진학했고, 졸업한 뒤 곧장 초등학교 선생님이 되었다. 그 몇 해 뒤, 그는 남자친구를 데려오고는 곧 결혼을 한다며 나에게 주례를 부탁했다. 나는 그 청을 흔쾌히 받아들인 뒤 "한눈만 뜨고 살라"는 단골 주례사를 들려줬다.

나는 그가 줄곧 서울 시내 초등학교에서 근무하고 있는 줄 알고 지냈다. 그런데 지난해 가을, 그의 동기가 원주 내 집으로 찾아와, 그때 학급 친구들의 소식을 전하면서 그가 제주도의 한 초등학교에 근무하며, 애월이라는 바닷가 마을에 산다고 했다.

지난 추석을 앞두고 아내가 나에게 제주 여행을 권했다. 유난히도 더웠던 지난여름 내내 꼼짝도 않고, 에어컨은 물론 선풍기도 켜지 않고, 자판을 두들긴 남편에게 아내는 바람이라도 쐬주고 싶었던 모양이다.

제주 도착 첫날 그들 내외가 숙소로 찾아와 결혼식장에서 본 뒤 20년 만에 반갑게 만났다. 그들 부부의 안내로 저녁을 맛있게 먹고,

해안도로 커피 집에서 밤바다를 바라보며 제주의 밤을 한껏 즐겼다. 그날 밤 그들 내외가 이튿날 자기들이 사는 애월마을로 오라고 초대했지만, 나는 굳이 사양했다. 그런데 하룻밤 사이에 내 마음이 변했다. 굳이 서울을 떠나 아무 연고도 없는 제주 바닷가로 온 그들 부부가 사는 모습을 보고 싶기도 하거니와, 어쩌면 이제 내가 그들 부부를 더 볼 수 없을 거라는 그런 마음도 작용했다.

마침내 아들이 운전하는 승용차가 납읍초등학교 정문에 닿았다. 거기에 이르자 곧 카페 안내판이 보였다. 야트막한 돌담에는 '카페 간세다리'라는 입간판이 섰고, 돌담 안은 밀감밭으로 새파란 밀감이 주렁주렁 달려 있었다. 그 밭길을 50여 미터 돌아가자 멍멍이 네 가족이 맞아주었고, 밀감 저장창고를 카페로 손수 만들어 주인장이 되었다는 그의 남편이 손을 흔들며 반겼다. 그는 그날 외출했다가 막 귀가했다면서, 곧 옷을 갈아입고는 활짝 웃으며 나타났다.

4년 전 서울 강남의 한 회사에 다니던 그의 남편이 훌쩍 제주로 온 뒤, 2년 전 그도 이곳으로 날아왔다고 전했다. 그는 제주 바닷가 자그마한 시골 학교를 원했지만, 그의 내심과는 달리 제주시내 중앙초등학교에 근무한다고 했다. 그들 내외와 우리 가족은 이런저런 유쾌한 차담을 나누었다. 카페 이름 '간세다리'는 제주 방언으로 게으름뱅이라는 뜻이라며, 카페 안팎의 장식은 모두 그들 부부의 공동작으로 간판까지 손수 만들었다고 말했다.

나는 그들 부부가 왜 서울을 떠나 제주로 내려왔는지 그 까닭은 한마디도 묻지 않았다. 사실 나도 서울 도심의 학교에 근무하면서도 때때로 바닷가 시골 학교를 동경했다. 하지만 나는 끝내 실천 못 한 채 엉거주춤 지내다가 정년을 5년 남긴 채 조기 퇴직했다.

우리 가족은 그들 부부의 따뜻한 배웅을 받고 떠나오는데 제주 바다의 낙조가 매우 아름다웠다. 제주도에서 돌아온 뒤 그들 부부의 뒷모습이 애월에서 본 바다 빛깔처럼 아름다운 잔상으로 남아 있다. 이즈음도 나는 그의 용기에 대한 찬사와 아울러 그들 부부가 늘 건강하고 행복하게 살기를 마음속으로 빌고 있다. 그는 김현 선생님이시다.

(2013.9)

그의 편지에서 내 필체를 보다

"청춘은 희망에 살고, 노년은 추억에 산다"는 말이 있다. 이즈음 나는 한가한 시간이면 추억을 곱씹으면서 지낸다. 그런데 지난 추억들 가운데는 즐거운 일 못지않게 아픈 기억도 많다. 그래서 이 마당의 글들은 그에 대한 반성 및 참회의 얘기로 엮어보았다.

전쟁 중 헐벗고 굶주렸지만 입가에는 웃음이 떠나지 않는
소녀들(1950.10.31. 원산) ©NARA

비어 있는 자리

교직에 몸담은 지 1년 남짓하다. 지난해 3월 눈동자가 유난히도 초롱초롱한 중학교 신입생들을 학급 담임으로 맡았다. 입학 무렵에 는 젖내가 가시지 않은 개구쟁이들이었다. 하지만 날이 갈수록 의젓 한 중학생으로 성장하는 것을 볼 때는 교육의 보람을 느끼곤 했다.

오늘은 지난 학년도를 평가 마무리하는 진급사정회 날이다. 학기 초부터 학년 말에 이르기까지 단 한 명의 낙오자도 없이 70명 전원을 이끌고 왔다. 그런데 오늘 아침 조회시간 교실로 가자 비어 있는 자 리가 세 곳이나 되었다. 등록금 미납자에게 "학교에 나오지 말라"는 말은 차마 전하지 못한 채 '등교 정지'를 당하고도 계속 출석을 시켰 다. 하지만 어제는 얼더듬으면서 말했다.

"내일은 학년말 진급사정회 날이니까 등록금을 서무실에 꼭 납부 해야 한다."

그러자 그들은 고개를 떨어뜨린 채 귀가했다.

오늘 아침, 이렇게 한꺼번에 세 자리나 빈 날은 처음인 데다가 어 제 눈물을 글썽이며 돌아가던 그 녀석들의 얼굴이 떠올라 종일 마음이 시큰했다. 사실 나도 중고 재학 시절 납입금을 독촉하던 담임선생님의 얼굴이 왜 그토록 매정스럽고 무섭게만 보였던가. 어제까지 개근했던 세 녀석은 오늘은 등교도 못한 채 어쩌면 세상을, 부모님을, 담임선생님을 원망하고 있을 게다. 오늘 따라 '선생님'이라는 존칭이 거추장스럽고, 교단에 선 게 후회스러워 어디 가서 한바탕 통곡이라도 하고 싶다.

영수, 화영, 현수 — 너희들이 등교하는 날 내 우울한 마음은 활짝 개리라.

(1973.3)

자네를 대할 면목이 없네

5월 하순, 어느 날 퇴근시간에 그가 불쑥 학교로 찾아왔다.

"선생님, 저 기억하시겠습니까? 저 현수예요."

"안현수? 아직도 옛 모습이 그대로 남아 있는걸."

"예, 맞습니다. 선생님은 30년 전 제자 이름과 얼굴을 여태 기억하고 계시는군요. 이렇게 저를 기억해주시는데 늦게 찾아와 죄송합니다. 사실 저에게 선생님은 몇 분 안 되거든요."

"무슨 말씀. 내가 자네를 보니까 오히려 볼 낯이 없네."

1972년 오산중학교 1학년 12반에서 그를 만났다. 그는 눈동자가 머루처럼 까맣고 축구공을 아주 잘 찼다. 그때 우리 반 악동들은 유난히 축구를 잘했다. 그래서 중1 신입생 환영 축구대회에서 12개 반 가운데 챔피언으로 등극하여 다른 반 아이들의 부러움을 한껏 샀다.

나는 교단에 선 후 그해 처음으로 학급 담임을 맡았는데, 가장 괴로웠던 점은 학생들에게 등록금을 독촉하는 일이었다. 그때 그 오산중학교의 학구는 용산구 보광동 이태원 일대로, 이른바 산동네라 불리는 해방촌 학생들이 주를 이루었다. 그래서 학생 가운데는 미군부대 군속의 자제나, 양색시의 다문화 자제까지도 있었다. 그 시절에는 가난한 집이 많아 제 날짜에 납부금을 내는 학생은 미처 절반도 되지 않았다.

교감선생님은 매일 아침 직원조회 시간에 모눈종이에 붉은색 매직펜으로 막대그래프로 그린 학급별 등록금 납부 상황판을 쳐들고 학급 담임들을 채근했다. 너나없이 어렵던 시절이라 어쩔 수 없는 방책이었겠지만 대부분 선생님들은 그 점이 가장 힘들었을 것이다. 그해 학년 말 진급사정회 날 세 학생의 자리가 온종일 비어 있었다. 나는 그날 밤을 새우다시피 가슴 아파하면서 '우울한 날'이라는 제목의 글을 썼다. 그런 뒤 나는 그때 정기 구독했던 『독서신문』에 글을 보냈다. 열흘 후 『독서신문』에 「비어 있는 자리」라는 제목으로 내 글이 실렸다.

나는 이 글이 나간 뒤 한 달 남짓한 동안에 40여 통의 편지를 받았다. 수녀님, 스님, 유학생, 대학 때 여자친구…… 그 가운데 미국 캘리포니아주 버클리대학교 최성찬 씨는 여러 차례 편지를 보내왔다. 그 얼마 후 당신은 주일 예배에 광고로 모았다고 하면서 100불을 교장선생님 앞으로 보내주었다. 내가 돕지 못한 걸 유학생에게 신세지는 것은 예의가 아니라고 거절했기 때문이다. 그때는 가난한 학생이 무척 많았고, 세 학생 등록금으로 모자라 성적이 우수하고 가난한 다른 두 학생에게 장학금으로 주었다.

30년 만에 내 앞에 나타난 그는 『폭풍의 언덕』의 히스클리프처럼 아주 당당하고 귀티가 흘렀다. 그는 굳이 자기가 저녁을 사겠다고 하면서 승용차에 나를 태운 뒤 교외의 한 갈빗집으로 안내했다. 그는 핸들을 잡은 채 그동안 살아온 얘기를 했다. 그는 중2 때 중퇴한 뒤 곧장 생활전선에 뛰어들었다고 했다. 문구점 사무기기 기술자로 출발하여 26세에 독립하여 지금은 시청 앞 지하상가와 홍대 앞에서 사무용품점을 운영한다고 했다.

"학벌이 없었기에 남보다 더 열심히 살았습니다."

나는 그의 얘기에 감동과 함께 묵직한 아픔을 느꼈다. 그는 독학으로 대입 검정고시까지 합격하였으나 먹고사는 일에 바빠서 대학은 끝내 진학치 못했다고 말했다. 젊은 날에는 학력이 낮은 걸 많이 아파했지만 이제는 그렇지 않다고 말했다. 그러면서 자기에게는 내가 몇 안 되는 선생님이기에, 스승의 달인 5월이 가기 전에 뒤늦게라도 밥 한 끼 대접해드리고 싶어서 일부러 찾아왔다고 말했다.

그런데 나는 그때를 생각하니 내 처사가 매우 잘못됨을 마음속으로 깊이 후회했다. 그러면서 나는 차마 그에게 솔직히 잘못했다는 말은 하지 못하고 "자네를 대할 면목이 없네"라는 말만 되풀이했다. 대체로 학교나 선생님들은 장학금 지급에 공부 잘하는 학생 순서로 혜택을 주는 데 익숙해 있다. 그때 유학생이 보내준 장학금은 세 학생에게 똑같이 나눠주는 게 올바른 처사였다.

그날 그는 갈비를 푸짐하게 사고는 굳이 자기 승용차로 내 집 앞까지 데려다주었다. 내가 차 한잔 들고 가라는데도, 그는 예고 없이 사모님에게 결례할 수 없다면서 내 손에 선물 꾸러미를 들려주고는 곧장 차를 돌려 어둠 속으로 사라졌다. 그날 이후 안현수 그 제자만 떠오르면 묵직한 아픔이 짓눌렀다.

(2002.5)

그의 편지에서 내 필체를 보다

스승의 날을 하루 앞둔 5월 14일 전화벨이 울렸다. 받고 보니 옛 제자였다.

"선생님, 남영입니다. 저를 기억하시겠습니까?"

"그럼, 장남영이지?"

"예, 그렇습니다. 선생님, 20여 년 전 제자를 여태 기억해주셔서 감사합니다."

반가운 음성이 수화기를 타고 흘렀다.

"너 축구 잘했잖아. 중1 때 학급대항 결승전에서 네가 넣은 골을 3반 선수들이 핸들링 반칙이라고 항의하여 주심이 노골을 선언하자 네가 운동장에 드러누운 채 데굴데굴 굴렀잖아."

"선생님 기억력 '짱'이십니다."

그는 1972년 오산중학교 1학년 12반 제자였다.

"선생님, 뵙고 싶습니다. 내일 시간 좀 내주십시오."

"전화만이라도 고맙다."

"아닙니다. 오늘 선생님과 통화하려고 얼마나 고생한 줄 아십니까? 한 시간 전부터 오산학교로, 중동고등학교로, 서울시 교육청으로 전화를 한 끝에 이제야 연결이 되었습니다."

"나도 보고 싶긴 해. 하지만 내일만은 피하고 싶다."

"꼭 그러시면 내주 월요일은 어떨까요? 제가 신촌 쪽으로 가겠습니다."

"그럼 그날 오후 7시 정각에 신촌백화점(현 현대백화점) 9층 커피숍에서 만나자."

그런데 그날 약속 장소로 가자 백화점 정기 휴일이었다. 다행히 백화점 정문 앞에서 그를 만났다.

"선생님, 3학년 때 반장이었던 강상욱도 오늘 나온다고 했습니다. 걔네 회사가 수원에 있기에 8시까지 오기로 했어요."

나는 '혼자 나올 것이지 하필 강 군과 나올 게 뭐야'라는 생각이 퍼뜩 들었다. 하지만 곧 '잘됐어. 이참에 그 녀석을 만나 지난 일을 사과해야지'라고 마음을 고쳐먹었다. 나는 강 군을 무척 좋아했다. 그는 중학생 시절 꼭 어린 토끼처럼 귀여웠다. 하지만 졸업식을 앞둔 그날 일만 떠오르면 얼굴이 화끈거리고 쥐구멍이라도 찾고 싶다.

졸업식을 앞둔 어느 날, 한 선배 교사가 이런 말을 했다.

"이번 반장들 눈치를 보니까 졸업식 날 양복 한 벌 얻어 입기는 틀렸어요. 마침 내일은 학생들 장학적금 찾는 날이니까 내가 반장들을 불러 귀띔할 테니 선생님들은 그냥 모른 척하세요."

다음 날 은행 직원으로부터 반 전체의 예금액을 건네받은 담임들은 그 선배 교사의 말대로 반장에게 모두 인계했다. 반장과 부반장들은 교실에서 학생들에게 예금액을 나눠주면서 즉석에서 일률적으로 담임교사 선물비를 거둔 모양이었다. 그런데 거기서 문제가 발생했다. 열두 명의 반장 가운데 강 군과 또 다른 반장 한 명은 그 선배 교사에게 항의하기 위해 교무실로 찾아왔다. 멀찍이서 그들의 항의 내용을 들으니, 반 학생들 중에 반발하는 녀석들이 적지 않다고 했다.

"얘들아, 담임들이 1년 동안 너희들을 위해 얼마나 수고했는지 아니? 졸업 때 담임선생에게 양복 한 벌 해드리는 건 예의야. 반발하는 애들을 잘 설득시키는 게 반장의 지도력이야."

그 선배 교사의 능수능란한 말에 두 반장은 머쓱한 채 교실로 돌아갔다. 그때 나는 차마 그 장면을 볼 수 없어 고개를 숙이고 있었다.

백화점에서 가까운 찻집에 들어가 장 군과 이런저런 지난 일들을 얘기하고 있는데 그제야 강 군이 왔다. 교통 체증으로 약속 시간보다 조금 더 늦어 죄송하다는 인사를 거듭 했다. 우리는 곧 밥집으로 자리를 옮겼다. 나는 거기에서 쑥스럽게 그들에게 큰절을 받고 맥주를 한 컵 들이켠 뒤 강 군에게 그날의 일을 상기시키면서 뒤늦게나마 간곡히 사과했다.

"선생님, 저는 전혀 기억이 없습니다."

"그럴 리가…… 오늘 모임의 분위기를 깨뜨리지 않겠다는 너의 갸륵한 마음씨일 테지."

"글쎄요. 선생님이 그때의 정황을 자세하게 말씀해주시니까 언뜻 생각이 납니다만, 이제 와서 저에게 사과까지 할 거야 없지 않습니까? 너무 괴로워하지 마십시오. 그때 선생님은 막내였으니까 반대하였더라도 그 분위기를 뒤집지는 못했을 겁니다. 제가 반 아이들을 잘 설득치 못하고 불쑥 교무실로 찾아간 게 잘못이지요."

강 군은 끝까지 나의 아픈 마음을 달래주었다. 그의 마음 씀씀이가 나보다 훨씬 낫다는 생각이 들었다. 다시 거리로 나온 후 찻집에서 커피 한잔을 마시고 세 사람은 헤어졌다.

"선생님, 이거 집사람이 준비한 겁니다."

장 군은 내 손에 쇼핑백을 쥐여주었다.

"선생님, 전 선물은 미처 준비하지 못하고 오늘 새벽에 일어나 편지를 썼습니다. 읽어보시면 아마 필체가 선생님과 비슷할 겁니다. 학교 다닐 때 선생님 만년필 필체가 하도 멋있어 선생님의 글씨체를 체본으로 많이 연습했지요."

그들과 작별한 뒤, 버스에 올라 편지를 펼쳤다.

봄비 소리를 들으며 필을 들었습니다. 아침 이른 시간에 이렇게 기분 좋게 어떤 일에 몰두할 수 있게 된 것은 바로 선생님에 대한 그리움 때문입니다. ……

영락없는 내 필체였다. 나는 온몸이 오싹했다. 집 앞 어두운 돌계단을 오르면서 묵직한 아픔과 부끄러움이 나를 짓눌렀다.　　　(1996.5)

그때 자장면 한 그릇 사줬더라면

초겨울이다. 가로수들은 나목으로 변하고 있다. 아내는 나에게 60세가 지난 뒤부터는 늘 언저리를 정리하라고 권하고 있다. 10년 전 서울에서 강원 산골로 내려오면서 아주 독한 마음을 먹고 많이 정리했다. 그동안 꾸역꾸역 가지고 있던 많은 소지품도 몇 차례 이사를 하는 동안 과감히 정리했다.

삶의 공간이 서울 도심에서 강원도 외딴 산골마을로 갑자기 변하자, 자연히 그동안 연을 맺은 사람들과도 점차 거리가 멀어졌다. 서로 멀리 떨어져 있으면 점점 사이가 멀어진다는 '거자일소(去者日疎)'라는 말이 명언이었다. 간혹 서울에 사는 친구나 친지들이 만나기를 청하여 상봉하지만 헤어진 뒤 산골로 돌아올 때는 매번 거리감을 느꼈다. 그들이 무심코 뱉는 말들은 대부분 현재 내 삶과는 전혀 상관없는 이야기들이기 때문이다.

어떤 친구들은 "네가 사는 곳에 땅 좀 사줄 수 없냐"고, 내가 강원 산골로 내려온 것을 부동산 투기 삼아 내려온 줄 알고 있다. 하지만 나는 강원도에 내려와 여태 땅 한 평 산 일이 없고, 내가 사는 안흥 집도 거저 얻어 산다고 말하면 그들은 도무지 믿어주지 않았다. 그런 이들과 무슨 이야기 상대가 되겠는가. 제 자랑, 자식 자랑, 모교 자랑에 아파트 값, 외제 자동차나 골프 얘기는 나의 관심 밖이다.

그동안 서울에서 고교, 대학 생활과 교직 생활 등으로 40년이 넘게 맺은 지난 인연들은 자연스럽게 하나하나 지워지고 있었다. 이제 곧 일흔이 되는데, 지난 인생 가운데 가장 잘한 일은 내가 교사가 되어 33년 학생들을 가르친 일이고, 가장 잘못한 일은 교단에서 학생들에게 좀 더 실력 있는 교사, 좀 더 많은 학생들에게 꿈과 희망을 불어넣는 교사, 가난하고 공부가 좀 더 뒤진 학생들을 더 넓은 가슴으로 껴안는 교사가 되지 못한 점이다.

1973학년도에 내가 담임한 오산중학교 2학년 11반에는 후암동 '영락의 집'에서 다니는 이 아무개 학생이 있었다. 그는 어려서부터 줄곧 고아원에서 자랐다. 나는 그 학생을 담임한 1년 중 내 집에 불러다가 밥 한 끼 대접치 못한 게 매우 후회스럽다. 그때는 미혼이기에 그랬다고 변명할 수도 있을 테지만 학교에서 가까운 중국집에 그를 데려가 걔네들이 가장 좋아하는 자장면이라도 한 그릇 사주지 못한 점은 정말 잘못했다.

그 다음 해, 중3 졸업반을 담임했을 때 장 아무개 학생은 등록금 미납으로 장기 결석을 하여 끝내 제적 처리했다. 지금도 그때만 생각하면 내가 싫어진다. 솔직히 그때 학부모에게 그만한 촌지는 받았으면서도. 그 뒤로도 내 반에 지체장애 학생 박 아무개가 있었지만 한 번도 그의 휠체어를 밀어 화장실에 데려다준 적이 없었다.

내가 다시 교단에 선다면 늘 열심히 공부하는 실력 있는 교사, 학생을 편애하지 않는 교사, 몸과 마음이 아픈 학생을 어루만지는 교사가 되고 싶다. 하지만 이미 다 끝나버린 일이다. 나는 교단에서 학생들과 헤어질 때 "진정한 사제관계는 졸업 후다"는 말을 자주 했는데, 그 말 탓인지 학교를 떠난 뒤 국내는 물론 세계 곳곳에서 여러 제자들을 만나고, 그들의 사랑과 도움을 많이 받고 있다.

나의 작품세계를 넓히도록 일본 여행을 알선해준 제자가 있는가 하면, 미주 대륙 횡단을 동행하자는 제자도 있었다. 영어도 할 줄 모르는 골동품 훈장을 허드슨 강변 자기 집으로 초대해 만찬을 베풀고 맨해튼 관광을 안내한 제자, 로스앤젤레스 구석구석을 안내한 제자도 있었다. 나는 그들 덕분에 많은 책을 쓸 수 있었다. 이즈음 나는 그들의 알뜰한 자료 제공으로 『약속』이라는 장편소설을 집필하고 있다.

나는 지난 주중에 고교를 졸업한 지 30년이 넘은 제자들의 초대를 받아 오랜만에 서울로 갔다. 그새 그들은 대학생을 둔 학부모가 되어 있었다. 그날 모임에서 이런저런 학창 시절의 추억을 이야기하다가 '성공한 인생'에 대한 난상토론을 벌였다. 한 제자가 '성공한 인생'은 '이혼하지 않고 해로하며 사는 부부'라고 결론을 내리자, 다른 제자들도 대체로 그 말에 수긍했다. 그만큼 이즈음은 가정 문제, 사람과 사람의 관계가 힘든 현실인가 보다.

그날 늦은 저녁, 청량리역에서 원주행 막차를 탔다. 차창에 비친 내 초라한 몰골을 바라보면서, 그래도 지난 내 인생이 '성공한 인생'이라고 하니 이즈음 움츠려졌던 마음이 다소 펴진다. 나는 집에 도착한 뒤 곧장 아내에게 '성공한 인생'에 대한 감사의 말을 했다. 이즈음은 그저 평범하게 살기도 어려운 세상인가 보다.   (2013.11)

조국을 위해 봉사해다오

선생님 보세요. 그동안 안녕하셨어요. 선생님의 편지 잘 받았습니다. 바쁘신 중에도 저에게 편지 보내주셔서 고마운 마음 그지없습니다.

선생님, 저는 이곳에 온 지 벌써 5개월이나 됐지만 여태 친구 한 명 사귀지 못했어요. 어떻게 생각하면 퍽 다행한 일 같아요. 곧 대학에 진학하려는데 딴 데 신경을 쓰지 못하도록 하나님께서 미리 준비하셨던 일 같아요. 그래도 가끔 외로움을 참지 못하고 울 때가 많고, 한국에서 지내던 일을 생각하면서 웃을 때도 많아요.

선생님, 오늘 한국에서 학생 둘이 제가 다니는 학교에 입학했어요. 누나는 고2를 다니다가 왔고, 동생은 중3을 다니다가 왔대요. 오늘 독일어 시간 선생님이 갑자기 저를 보고 한국에서는 외국어 교육을 어떻게 가르치기에 한국에서 온 학생은 독일어를 1년 이상 배웠고, B를 받았으면서도 회화는커녕 독일어를 알아듣지도 못하느냐고 물었어요. 그러시면서 미국 학생은 독어를 1년만 배워도 회화를 하고 알아듣는다고 하셨어요.

저는 그 말씀을 듣고 화가 나는 것을 참지 못하고 선생님께 반

문했어요. 어떻게 미국 학생하고 한국 학생을 비교할 수 있느냐? 영어와 독일어는 같은 인구어(印歐語) 계통이라 비슷한 언어지만 한국어와 영어, 독일어는 아주 다른 계통의 언어라고 말했어요. 그제야 선생님은 고개를 끄덕였어요. 저는 요즘 한국에 대해 미국 사람들이 무시하는 소리를 많이 들어요. 그것이 저를 무척이나 슬프게 만들어요.

선생님, 한국 학생들에게 이런 말씀을 꼭 전해주셔서 진짜 공부를 해야 하는 이유를 깨우쳐주세요. 나라를 올바로 사랑하는 학생들이라면 열심히 공부할 거예요. 저는 정말 우리나라가 외국인들에게 욕먹는 것을 들을 수 없어요.

지난해 연말 외환은행에 근무하는 아버지를 따라서 미국으로 유학 간 홍소일 양의 편지다. 그해 3월 3일 입학식이 끝나고 교무실로 돌아왔을 때 그는 내게 찾아왔다.

"선생님, 바쁘세요?"

"아니, 괜찮아."

"저, 선생님께 상의하러 왔어요."

"그래 무슨?"

"담임선생님이 국어를 가르치신다니 정말 다행이에요. 전 국어가 제일 어렵거든요. 초등학교 때 아버님을 따라 독일에 가서 살다가 작년 가을에 귀국했기 때문에 국어 공부를 통 못했거든요. 선생님, 어떻게 하면 국어를 잘 할 수 있나요?"

나는 홍 양이 예사 학생이 아니라는 걸 직감했다. 입학 첫날 공부의 방법을 가르쳐달라고 찾아온 학생은 이전에 없었기 때문이다.

"모든 교과가 다 그렇겠지만 특히 국어는 하루아침에 되지 않는단다. 하지만 관심을 가지고 많이 읽고, 많이 쓰고 지으면서 깊이 생각하면 잘하게 될 테다. 공부하다가 모르는 것이 있으면 언제든지 찾아오렴."

"네, 잘 알았습니다. 고맙습니다, 선생님."

그날 이후 그는 자주 교무실로 교과서를 들고 찾아왔다. 한문이 특별히 어렵다면서 문법 용어를 꼬치꼬치 캐물었다. 첫번 시험의 결과를 보니 그가 말한 대로 역시 국어 성적이 제일 나빴다. 다른 과목은 거의 80~90점대인데 국어는 50점을 간신히 넘겼다. 그러나 그 다음 시험은 70점대, 그 다음 시험은 80점대로 쑥쑥 올라갔다. 그는 건강이 상할 정도로 무섭게 공부했다.

어느 날 독일어 선생님이 홍 양에 대해 물었다.

"선생님, 어떤 학생이에요?"

"왜 그러세요?"

"독어 시험을 유일하게 세 번이나 만점을 받았어요."

"그 학생 독일에서 공부하다가 귀국한 학생입니다."

"네! 그래요?"

독일어 선생님은 깜짝 놀랐다.

"그런데 어쩜 그렇게 내색을 않는지, 전 전혀 몰랐어요. 독어 회화를 저보다 훨씬 잘할 텐데…… 보통 학생 같으면 수업 시간 아는 체하며 선생님한테 돋보이려고 나설 텐데 전혀 그런 낌새가 없었어요. 어머, 어쩜……."

홍 양에게선 흔히 그 나이에 갖기 쉬운 우월감이나 교만함을 전혀 엿볼 수 없었다. 그는 항상 겸손했고 나를 대할 때면 국어를 못해 죄송하다는 말과 함께 어떻게 하면 국어 성적을 올릴 수 있느냐고 밤낮 국어 공부 타령이었다. 전체 석차도 첫번 시험 때 반에서 15등이더니 다음에는 10등, 다음 6등으로 시험을 볼 때마다 성적이 향상되었다.

지난해 10월 27일 조회를 끝내고 복도로 나오는데 홍 양이 따라 나왔다.

"선생님, 간밤에 이모할아버님이……."

홍 양은 더 이상 말을 잇질 못했다.

"선생님 저 오늘 수업 안 될 것 같아요. 조퇴하고 싶어요."

"그래. 알았다."

"참, 좋으신 분이었어요."

11월 중순 홍 양의 어머니가 학교로 오셨다.

"웬일이세요?"

어머니는 한참 동안 망설이다가 말문을 열었다.

"아빠가 뉴욕 지점으로 발령이 났어요."

"네에. 영전되신 것 축하드립니다만, 또 데리고 가십니까?"

"네. 걔가 선생님 덕분으로 이제 한참 공부에 열중하고 친구도 많이 사귀고 국어에도 눈이 뜬 것 같은데."

"언제 떠나십니까?"

"12월 초순께 떠납니다."

"그럼, 떠나기 전까지 등교시켜주십시오."

"그럼요."

홍 양은 떠나기 전날까지 꼬박 학교에 나왔다. 그가 떠나던 날 그는 학급 친구들에게 울먹이며 작별의 인사말을 했다.

"여러분, 전 이 순간이 너무나 슬퍼요. 어떤 친구는 제가 다시 미국으로 간다니까 부럽다고 했지만 전 하나도 기쁘지 않아요. 그동안 여러분과 정이 들었고 내 나라 공부도 어렴풋이 익혀가는데 또 떠나게 되어 정말 슬퍼요. 여러분이 보고 싶을 때는 이를 악물고 공부할게요. 여러분도 열심히 공부하세요."

그는 울먹이며 교실을 떠났다.

열심히 공부하여 훗날 귀국해서 조국을 위해 봉사해다오.

그가 떠난 후 내가 그에게 띄운 편지의 마지막 구절이다. (1980.2)

세상에 공짜는 없다
졸업생 모교 방문에 부치는 글

안녕하세요? 박도입니다. 2012년 6월 9일은 대단히 좋은 날인가 봅니다. 올 연초 일본에 있는 한 문인단체에서 시집『종소리』발간 50호 기념일을 이날로 정하였다고 저에게 참석을 부탁해와 이를 수락하였습니다. 그런데 지난달 초, 여러분 대표가 이날이 자기들 기수 졸업 30주년 모교 방문일이라고 초청하였습니다. 저는 며칠 갈팡질팡하다가 결국 선약을 어길 수 없어 여러분의 귀한 모임에 참석치 못하게 되었음을 매우 죄송스럽게 생각합니다.

저는 여러분이 고1 때는 3반 담임으로, 고2 때는 2반 담임으로, 그리고 국어 담당 교사로 일주일에 네댓 시간씩 아마도 가장 많이 만났을 겁니다. 그래서 지금도 여러분의 얼굴도 선하고 이름도 죄다 욀 듯합니다.

저는 2004년 2월, 정년을 꼭 5년 남기고 퇴직한 뒤 곧장 강원도 산골마을로 내려와 얼치기 농사꾼으로 지내다가 2010년 11월부터 원주 치악산 밑으로 이사하여 평생 처음으로 아파트 생활을 하고 있습니다.

저는 이곳으로 내려온 뒤 지난 추억을 되새기며 글 쓰는 일로 바쁘게 지내고 있습니다. 여러분을 생각하면 늘 감사한 마음과 지난날 나의 잘못한 언행이 새록새록 되살아나 후회스럽거나 매우 부끄럽기도 합니다. 좀 창피한 얘기지만 저는 대학 재학 시절 과에서 제주도로 졸업 여행을 가는데 돈이 없어 가지 못하였습니다. 그 뒤 신혼여행 때도 그 무렵 가장 인기였던 그곳을 가보지 못하다가 여러분 동기 박현선 님이 제주도에 살면서 우리 가족을 모두 초청하여 1992년 이른 봄날 난생처음 비행기를 타고 3박 4일 제주 여행을 매우 즐겁게 다녀왔습니다.

그리고 여러분 동기 이종원 님의 아버님(이영기 변호사) 주선으로 1999년 중국 대륙의 항일 유적지를 다녀온 게 제 인생에 큰 영향을 주었습니다. 그 뒤 근현대사 연구와 항일 유적지 답사로 국내외 여러 곳을 답사한 뒤 여러 권의 책도 펴냈습니다.

저는 여러분 모임에 꼭 참석하고 싶었습니다. 그것은 저의 지난 잘못을 여러분에게 깊이 공개 사죄하고 싶었기 때문입니다. 여러분이 고1 때인 1979년 어느 봄날 우리 반(1학년 3반)은 교련 시간이고, 옆 반(1학년 2반)은 기술 가정 시간으로 교실을 비우게 되었습니다. 그때 우리 반 남학생들 가운데 미처 각반을 준비 못 한 두 학생이 교련 선생님에게 야단을 맞지 않으려고 옆 반에 빌리러 갔으나 교실 문이 잠겨 있자 복도 쪽 위 창문을 열고 교실로 들어가 사물함에서 각반을 가져 나온 모양입니다.

그런데 하필이면 그 시간이 끝난 뒤 교실로 돌아온 옆 반 여학생들의 책가방이 다 털리는 불상사가 발생하여 울부짖는 소동이 벌어졌습니다. 그 일을 조사하던 가운데 우리 반 두 학생이 열쇠로 잠긴 옆 반 교실 위 창문을 넘어 들어간 사실이 밝혀져 저는 그때 그 두 학생에게 "왜 문이 잠긴 남의 반 교실 창을 넘어 들어갔느냐"고 몽둥이로 두들겨 팼습니다.

그 몇 해 후 꼬리를 물던 교내 도난 사고의 주범이 잡혔습니다. 주범은 전혀 예상치 못했던 학교 청소부였습니다. 저는 그때부터 무척 괴로웠습니다. 물론 저는 그때 그 학생들에게 문이 잠긴 남의 반 교실 창 넘은 것을 탓하며 두들겨 팼지만 그때 그 학생들은 얼마나 억울하고 괴로웠겠습니까?

그때 저에게 매를 맞은 이 아무개는 "원수는 외나무다리에서 만난다"는 말처럼 몇 해 전 어느 목욕탕에서 하필이면 피차 벌거벗은 채로 만났습니다. 그때 제가 지난 잘못을 정중히 사과했습니다.

"선생님, 저는 벌써 다 잊었는데요."

그는 음료수 한 병을 사서 건네고는 온탕으로 들어가고 저는 목욕탕 밖으로 나왔습니다. 하지만 또 다른 한 제자 배 아무개에게는 전화로만 사과했을 뿐, 여태 직접 만나 사과하지 못하였습니다. 이 자리를 빌려 그에게 깊이 사죄합니다. 혹 오늘 그가 참석치 못하였다면 여러분들이 꼭 전달해주시고, 누구든 그와 내가 별도로 만날 수 있게 자리를 마련해주시면 고맙겠습니다.

때때로 사진첩을 들추면서 여러분과의 추억을 떠올리면 언제나 그립고 즐겁습니다. 하지만 재직 시절 잘못한 기억이 떠오르면 무척 마음이 아프고 교단에 선 게 매우 부끄럽습니다. 오늘 제 이야기가 길었습니다. 이제 마무리하겠습니다. 역시 저는 훈장티를 벗어날 수 없기에 여러분에게 두 가지만 당부합니다.

여러분도 이제 50에 접어든다고 하니 이제부터 노후 대비를 잘 하십시오. 늘그막에 비참하게 된 사람은 대부분 맨홀에 빠지기 때문입니다. 그 맨홀에 빠지는 대부분 사람들은 평소 불로소득이나 일확천금을 노린 사람들이 많습니다. 이제 여러분 나이도 맨홀에 빠지면 헤쳐 나오기 힘듭니다. 낚시에 걸린 물고기는 먹이를 쉽게 구하다가 걸려든 것입니다. 이 세상에 공짜는 없습니다.

둘째는 여러분 가정을 잘 지키십시오. 최근 우리 사회에 늘그막에 가정이 깨어진 집이 많은데, 이는 가족 간 소통 부족과 가부장적인 고정관념에서 헤어나지 못한 게 가장 큰 이유라고 생각합니다. 여러분이 왕이 되고 싶으면 여러분 부인을 여왕으로 모시고, 여러분이 여왕이 되고 싶으면 남편을 왕으로 모십시오. 그러면 여러분 부부는 해로하게 되고 가정은 화목하게 될 것입니다. 여러분의 건강과 여러분 가정의 화목을 빌면서⋯⋯.

22기 졸업생 여러분, 사랑합니다. 건강하십시오. 안녕!!!

옛 훈장 박도 올림(2012.6)

양보하는 사람은 아름답다

한때 두 코미디언이 라면 한 그릇을 앞에 두고 "형님 먼저, 아우 먼저"라고 하면서 서로 상대에게 양보하는 광고가 있었다. 두 코미디언의 표정도 재미있었지만 라면 한 그릇을 서로 양보하는 마음씨가 보기 좋았다. 그래서 한동안 "형님 먼저, 아우 먼저"라는 말이 유행어가 되기도 했다. 이처럼 양보하는 모양은 언제 보아도 아름답고 흐뭇하다.

사람의 본성은 인(仁)에서 우러나온 '측은지심(惻隱之心, 불쌍히 여기는 마음)', 의(義)에서 우러나온 '수오지심(羞惡之心, 부끄러워하는 마음)', 예(禮)에서 우러나온 '사양지심(辭讓之心, 양보하는 마음)', 지(智)에서 우러나온 '시비지심(是非之心, 옳고 그름을 가리는 마음)'의 네 가지 마음씨를 지닌 바, 이를 사단(四端)이라고 한다. 케케묵은 말 같지만 오늘 이 시점에서도 이 사단은 사람됨을 가늠하는 기준으로 좋은 잣대일 것이다. 나는 이 가운데에서도 사양지심을 그 으뜸으로 삼고 싶다.

바쁜 출근길, 꼬리를 문 차량 행렬로 당신의 차가 골목길에서 큰길로 들어서지 못하고 쩔쩔매고 있을 때, 한 승용차가 멈춘 채 앞서 가라고 손짓을 하면 그때 당신은 얼마나 감격할까? 하지만 아직도 우리 사회에는 양보하는 마음이 매우 부족하다. 때로는 양보하는 사람을 아름답게 생각하기는커녕 오히려 바보처럼 여긴다. 특히 어떤 자리에 이미 앉은 사람은 좀처럼 양보할 줄 모른다.

1982학년도에 고등학교 1학년 3반 학급 담임을 하던 중, 2학기 반장 선거일이었다. 선거는 그날 마지막 학급회의 시간에 할 예정이었는데, 점심시간에 반장 신유철 학생이 교무실로 찾아왔다.

"저…… 선생님, 이번 2학기 정부반장 선거 후보자에서 저를 제외해주십시오."

그는 매우 조심스럽게 말했다. 순간 나는 뜨끔했다. 나에 대한 반감이나 혹 반장을 하면서 경제 면으로 부담을 느낀 나머지 학생 어머니가 못하게 압력을 넣은 것은 아닐까 하여 슬쩍 에둘러 물어봤다.

"아닙니다. 그런 점에서는 참 편하게 한 학기를 보냈습니다."

나는 평소 학급반장에게 과중한 부담이나 권한을 줘서는 안 된다는 생각으로 심지어 수업 시간 "차렷! 경례!"라는 구령까지도 주번들이 돌아가며 하게 했다.

"그런데 왜 하지 않겠다는 거냐?"

"반장을 저만 하면 되겠습니까? 다른 친구에게 양보하고자 합니다. 수안이나 효준이도 잘할 겁니다."

그가 말한 두 학생은 1학기 정부반장 선거 때 결선까지 겨뤘던 친구들이었다.

"그런데 말이다, 나는 너를 반장으로 뽑을 권한도, 반장 선거에 나오지 못하게 할 권한도 없거든. 그 권한은 오직 학급 친구들에게 있어. 네 생각이 그렇다면 이따가 선거에 앞서 네가 직접 학급 친구들에게 네 뜻을 전하는 게 옳지 않겠니?"

"알겠습니다."

학급회의 시간에 반장은 선거에 앞서 신상 발언을 통해 정부반장 후보자에서 사퇴했고, 이어서 실시된 선거에서 1학기 선거 때 차점으로 낙선된 신수안 학생이 반장으로 당선되었다. 그 뒤 그들 세 학생을 지켜보니까 늘 사이좋게 지내면서 졸업 뒤에도 서로 끈끈한 유대를 맺고 있었다.

1980년 '서울의 봄' 때, 얼마나 많은 사람들이 민주화를 갈망하며 김영삼, 김대중 두 김 씨 중 어느 한 사람이 대통령이 되기를 바랐던가? 그들은 분명히 후보를 단일한다고 여러 차례 말했다. 하지만 그들 내면 깊숙한 곳에는 자기가 양보하겠다는 마음보다 상대가 양보하기만 바라는 마음이 있었다. 후보 단일화에 틈이 가자 정국이 더욱 혼미해져갔고, 마침내 5·17 계엄령으로 정국은 전혀 엉뚱한 방향으로 흘러갔다.

그 뒤 7년 동안 아까운 젊은이들을 숱하게 제물로 바친 뒤 대통령 직선제를 쟁취했다. 하지만 그때도 두 김 씨는 또 눈앞의 대권에 다시 눈이 어두워 지난 전철을 그대로 밟았다. 두 후보는 '어부지리(漁父之利)'의 유래인 황새와 조개처럼 사생결단 싸우다가 어부에게 둘 다 잡힌 꼴로 군정 연장을 도운 일등 공신이 됐다. 그러고는 군정을 종식시키자고 하면서 유세 때에는 연단 위에다 군화와 철모를 올려놓고 '군부독재 타도'를 외쳤다. 한 편의 블랙코미디였다.

지도자의 첫째 조건은 다른 무엇보다 사람됨, 곧 인격이다. 사람이 가장 중요하다. 그 사람됨의 척도는 위에서 말한 사단인데, 나는 그 가운데서 자신의 이익에도 양보하는 마음에 최우선 순위를 두고 싶다.

"반장을 저만 하면 되겠습니까? 다른 친구들에게 양보하고자 합니다."

지금도 양보할 줄 모르는 염치없는 사람을 보면 그 제자의 말이 떠오른다. 양보하는 사람은 언제 보아도 아름답다. (2002.5)

막상 닥쳐봐야 안다

눈이 유난히 많이 내린다는 강원도 산골마을이다. 그런데도 내가 사는 횡성군 안흥 산골은 올겨울 들어 여태 눈다운 눈이 내리지 않았다. 그동안 내린 눈을 다 합해도 미처 5센티미터도 안 될 거다. 이 마을에서 평생을 사신 분들의 이야기로도 올해같이 눈이 내리지 않은 겨울은 없다고 말씀하신다.

우리 마을에서 조금 떨어진 평창이나 진부는 그런대로 눈이 쌓였는데 같은 강원도라도 산을 사이에 두고 기온과 날씨가 아주 다르다. 눈이 내리지 않아 교통에는 불편함이 없지만 그래도 겨울에는 눈이 내려야 겨울답고 생활의 리듬에도 맞다.

눈이 내리지 않는 겨울은 가뭄을 몹시 타게 마련이다. 어제부터 뒷산에서 내려오는 수도관에 물이 메말라버렸다. 같은 샘물을 먹는 앞집 노 씨도 이런 가뭄은 당신 평생 처음이라고 한다. 물이 갑자기 나오지 않자 집안 살림이 말이 아니다. 청소와 세면은 물론이거니와 끼니도 제대로 해 먹지 못하고 있다. 이참에 상수도 혜택이나 받을 수 있을까, 면사무소로 군청 민원실로 가서 알아봤다. 하지만 우리가

강원도 횡성군 안흥면 송한리 감자꽃이 핀 산골마을(2004.6)

사는 곳은 지대가 높아 가압장을 따로 설치해야 한다는데, 그 예산이 자그마치 5천만 원 이상 들어 세 가구로는 어렵다고 했다.

보름 전부터 그나마 졸졸 받아 먹던 상수도가 메말라버렸다. 수원지를 손보았지만 그동안 수도관 파이프에 물이 흘러내리지 않자 고인 물이 강추위에 그만 단단히 얼어버린 모양이다. 며칠째 수도꼭지에서는 한 방울의 물도 나오지 않았다. 이즈음 우리 집은 수원지 샘물에서 직접 물을 길어다 먹고 있다. 하루에 한두 차례 물 길어 먹는일이 여간 조련치 않다. 아득한 옛날로 돌아간 기분이다.

어제 오후 내가 집을 비우는 2, 3일 동안 아내가 불편치 않도록 물을 길어다 놓는다고 물통을 들고 샘으로 갔다. 샘물을 물통에 가득담아 내려오던 중 언덕길에서 그만 발목이 겹질리면서 쓰러졌다. 잠시 후 일어나자 통증은 있었지만 대수롭지 않게 여기고 물통을 들어다 놓고 방 안으로 들어와서 양말을 벗고 발목을 보니 그새 발목 위가 볼록 부었고 통증도 다시 심해졌다. 이웃 해동이 아버지의 트럭에 실려 안흥면사무소 앞 연세병원에 갔다. 거기서 엑스레이 촬영을 하자, 의사는 발목뼈에 금이 갔다고 했다. 곧 조수와 간호사는 상처 부위에 깁스를 해주었다. 그리고 돌아올 때는 목다리를 주면서 그 사용법까지 친절히 가르쳐주고 시범도 보여주었다. 해동이 아버지의 부축으로 돌아온 뒤, 차에서 내려서 집까지 평생 처음 목다리를 짚었다. 깁스를 하고 집 안에서 지내니까 용변 보는 일이 가장 큰 고역이다. 더욱이 물 사정으로 실내 화장실은 쓰지 못하고 재래식 뒷간을 사용하니까 더 힘들었다.

돌아가신 할머니는 체험에서 우러난 말씀을 자주 하셨다. 그 가운데 "막상 닥쳐봐야 그 사정을 안다"고 하신 말씀이 새록새록 돋아났다. 열흘째 집 안에서만 지내니까 좀이 쑤신다. 의사의 말로는 앞으로도 한 달 정도는 더 지나야 깁스를 풀고 얼마간 물리치료를 받아야 정상적으로 다닐 수 있다고 한다. 나야 일시적 장애지만 선천적 장애인이나 후천적 장애인들은 얼마나 불편할지, 그 사정을 요즘에야 어렴풋이 짐작하겠다. 뒷간 가는 일도, 몸을 닦는 일조차도 수월치 않았다. 한쪽 다리만 깁스를 해도 그런데 두 다리가 장애인 경우는 얼마나 불편할까?

그런데 이런 장애는 누구에게나 아무 예고도 없이 어느 날 갑자기 찾아온다. 이 글을 쓰기 위해 장애인협회 통계자료를 보니까, 전국의 장애인 수는 450여만 명으로 전 인구의 10퍼센트로 추정하고 있다. 이는 겉으로 드러난 통계이지, 여기다가 자그마한 장애와 겉으로 드러나지 않는 정신적 장애까지 합친다면 그 수는 훨씬 더 많을 것 같다.

교단 생활 33년 가운데 20여 년 학급 담임을 하였는데, 여러 장애 학생을 맡았다. 그 가운데 1984학년도 고2 담임 학급의 박 아무개 군은 두 다리를 못 쓰는 장애 학생으로 날마다 어머니가 업고서 교실까지 데려왔고 종례가 끝나면 데려갔다. 그는 조금도 성가시게 하는 일 없이 내 반에서 1년을 보내고 3학년으로 진급했다, 그리고 무사히 졸업했다. 졸업식장에서 학생과 함께 그의 어머니도 특별 개근상을 받아 식장을 가득 메운 내빈들의 열띤 박수를 받았다.

그가 재학 중 화장실에 갈 때는 친구들이 휠체어를 밀고 다녔다.

아마 깁스를 하고 있는 지금의 심정이라면 한두 번 아니라 여러 차례 시중을 들어줬을 것 같다. 문득 그를 떠올리니까 세심히 배려치 못한 내 처사가 몹시 부끄럽다. 체험은 그렇게 소중한 것인가 보다.

(2005.2)

때를 기다려라

"과학기술의 발달로 생활은 편리해졌지만, 삶의 일상은 오히려 불안이 극대화되어가는 오늘날의 현실, 일용직에겐 하루하루가, 비정규직들에겐 한 달 한 달이 고달파 내일을 계획을 할 수 없는 시대, 정규직이거나 아파트 한 채 정도 재산이 있더라도 노후를 비롯해 미래의 생존이 걱정인 불안 시대. 우리는 언제쯤 이러한 생존불안 시대를 마감할 것인가? 죽음 이후나 혹은 꿈에서나 가능한 일인가?"

원용희 경기도의원은 이런 당면 문제에 깊이 파고들어 『생존불안 시대, 4차 산업혁명과 기본소득』이라는 책을 펴냈다.

그가 보내준 책을 보다가 시의 적절하고 공감하는 바가 많아 전화를 걸었다. 사실 그는 오래전부터 나를 찾았지만 그때마다 이런저런 사정으로 미루어왔던 터였다. 지난여름 무더위가 한창 극성을 피웠을 때다. 그가 안부 전화를 하였기에 더위가 한풀 꺾인 다음 서늘할 때 만나자고 약속한 바가 있었다. 그런데 첫눈이 내릴 때까지 그 약속을 지키지 못했다.

나는 그를 떠올리면 교사로서 책무를 다하지 못했다는 부끄러움을 늘 지니고 있다. 나는 그의 고1 때 담임이었을 뿐 아니라 결혼식 때 주례를 서기도 했다. 그 무렵 주례를 서면 부부가 사전이나 사후에 인사를 하는 게 상례였는데 그는 신혼 초의 삶이 팍팍했는지 건너뛰었다. 아마도 그는 그게 늘 마음에 걸렸나 보다. 결혼 20주년이 지난 이후에야 삶의 여유를 다소 찾은 모양이다. 지난 2015년 초여름, 굳이 가족을 데리고 내가 사는 원주로 인사차 오겠다고 했다. 그런데 약속일을 며칠 앞두고 생전 들어보지도 못했던 '메르스 사태'로 온 나라가 법석이라 다음 기회로 미뤘다.

그 이듬해인 2016년 5월, 그때 나는 장편소설을 집필한다고 오대산 월정사에 머물고 있었다. 그가 굳이 가족을 데리고 그곳까지 찾아왔다. 그는 아내와 딸을 데리고 와서 인사를 시킨 뒤 곧장 강릉으로 안내했다. 강릉 경포대에서 바다를 바라보며 막 주문한 생선회를 젓가락으로 드는데 그의 손전화가 울렸다. 그는 당시 고양시의원이었는데 갑자기 지역구에 긴급한 일이 일어났다며 곧장 자리에서 떴다. 그래서 이번 약속은 멀리 잡지 않았다. 마침 그가 이즈음 한창 경기도의회 회기 중으로 매일 수원으로 출퇴근한다기에 그 이튿날 점심시간에 만나기로 했다.

그는 어려서 소아마비를 앓은 장애인이다. 그런데 그는 지도력이 뛰어나 반장 선거에서는 다른 학생의 추종을 불허했다. 그가 재학했던 1980년대 초는 고교 학생회조차도 무늬만 민주주의였다. 그러다 보니 눈뜬 학생들의 불만이 컸다. 그가 1학년 때는 학급반장 및 학생회 대의원으로 무사히 잘 넘겼다. 하지만 고2 때는 학생회장 선거 문제에 항의하다가 학교 측으로부터 교권에 대한 도전이라는 이름으로 정학을 맞고 반장 및 대의원 직에서 쫓겨났다.

나는 그때 그의 변호를 해주지 못했다. 그때 내가 그의 담임교사는 아니었지만 모른 척 지나쳐버린 것은 아무튼 교사로서 잘못이었다. 그는 그때 그 징계로 많은 고통을 받았지만 다행히 고교를 무사히 졸업하고 대학(연세대 사회학과)에 진학했다. 사실 지난날 군사독재가 유지될 수 있었던 것은 거기에 순종, 순응하는 이들이 많았기 때문이다. 나 역시 그 부류에서 자유로울 수 없다.

우리는 그 이튿날 경기도의회 부근의 한 밥집에서 그제야 오순도순 이런저런 얘기를 나눴다.

"자네가 급우들로부터 많은 지지를 받은 원인은 어디에 있다고 생각하는가?"

"아마도 학급 친구들의 가려운 데를 긁어준 탓일 겁니다."

그는 대학 졸업 후 시민사회운동에 이어 한때는 경실련에서 일했고, 개인사업을 하다가 왕창 들어먹기도 했단다. 2014년 경기도 고양시 시의원으로 활동하다가 2018년 지방선거 때는 경기도의원에 당선되었다.

"저는 지역구 주민들의 이야기를 많이 듣는 편입니다. 그리고 그분들의 민원해결을 위해 최선을 다합니다."

그런 그의 배려와 열정이 지역구 주민들의 기대에 부응하여 시의원 1기 만에 도의원으로 도약한 것 같았다.

내가 그를 담임했을 때 일화다. 그가 입학한 1983년 5월, 봄 소풍을 도봉산으로 갔다. 당시 우리 학교는 여느 학교와는 달리 코펠과 버너를 소지하게 한 등산 소풍을 갔다. 그때 우이암 등산 코스는 험한 산길로 장애 학생은 사전에 열외를 시켰다. 그래서 나는 소풍 전날 그에게 가정학습을 하라고 지시했건만 그는 이튿날 소풍 집결지

에 나타났다. 나는 거기서도 귀가해도 좋다고 일렀지만 그는 막무가
내로 처음부터 끝까지 뒤처지지 않고 산을 탔다. 나는 그의 열정과
투지력에 놀랐다.

그는 오늘날 젊은 세대들이 '헬조선'을 부르짖는 그 원인을 취업
및 노동 문제, 주택 문제, 교육 및 보육 문제 등으로 진단하면서 현
재 자기가 소속된 도시환경위원회 분야의 주택 문제 해결에 심혈을
기울이고 있다고 말했다. 그는 그 대안으로 싱가포르식 '환매 조건
부 분양'을 제시한바, 이는 공공기관이 토지 개발과 주택 건설을 직
접 맡아 조성 원가 이하로 민간에 분양하되, 매매나 상속을 허용하지
않고, 반드시 공공기관에 다시 매각하도록 하는 방안이다. 이 제도를
우선 경기도에서부터 도입 시행한 다음, 성공하면 중앙정부에 건의
하겠다고 말했다. 이 밖에도 그의 다양한 정책들을 듣는 순간, 나는
문득 미국의 프랭클린 루스벨트 대통령이 떠올랐다.

루스벨트는 두 다리를 못 쓰는 장애인 대통령이었다. 그는 가난
한, 실패하고 절망한 사람들을 격려하며, 그들에게 미국의 새로운 판
을 짜자고 외쳤다. 그는 장기 불황 타개책으로 뉴딜 정책을 도입하여
당시 사상 최악의 미국을 구해낸 업적으로 역사상 전무후무한 1933
년부터 1945년 운명 때까지 4선을 한 대통령이었다.

나는 대담의 마무리로 1986년 아시아게임 때 임춘애 선수의 일화
를 들려주며 마무리 말을 했다.

그는 1986년 서울 아시안게임의 대표 선발전에서 탈락했다. 이후
에 치러진 전국체전의 3000미터 종목에서 한국 신기록을 세워 뒤늦
게 국가대표에 합류했다. 그는 여자 육상 불모지 중장거리인 800미
터, 1500미터, 3000미터에서 모두 금메달을 획득하여 3관왕이 되었

다. 3000미터는 평소 기록이 중국 선수에게 10초 이상 뒤진 터라 금메달은 바라지도 않았는데, 중국 선수의 컨디션 난조로 운 좋게 금메달을 땄다. 또한, 800미터는 2위로 결승선을 통과했는데, 1위를 한 인도 선수가 파울로 실격당하면서 금메달을 땄다. 1500미터에서는 자력으로 금메달을 따내면서 아시안게임 3관왕이 되었다.

"최선을 다하면 언젠가 기회는 오네. 자네 부디 공부하는 정치인으로서 실력을 더욱 쌓고, 내공을 기르면서 때를 기다리시게."

"선생님 말씀 명심하겠습니다."   (2018.11)

노총각의 웃는 모습

볕 좋은 토요일 오후, 아래채 서재('박도글방') 마무리 공사로 아내와 함께 전기공사를 하고 있었다. 그때 이영수 군이 예쁜 신부를 데리고 안흥 산골 내 집으로 찾아왔다. 서울에서 이른 아침에 출발했으나 주말 교통 체증으로 평소보다 시간이 갑절 더 걸렸단다. 그런데 피로한 기색도, 투덜거리는 기색도 보이지 않았다. 아마도 아리따운 신붓감을, 든든한 신랑감을 옆자리에 태운 밀월여행이었으니 그랬을 것이다. 사람의 평생 가운데 가장 황홀한 시기는 결혼 약속을 하고 배우자와 혼인 준비를 하면서 앞날을 설계할 때가 아닐까? 그는 다음 달 부산에서 결혼식을 올리는데 오래전부터 나를 주례로 점찍어 두었다고 굳이 부탁하기에 흔쾌히 승낙했다.

그와 나는 학생회 지도교사와 부회장으로 인연을 맺었다. 1988년 나는 학교에서 4년 동안 맡았던 교무부장 보직에서 물러났다. 그해 좀 쉬운 보직을 맡으면서 수업에 충실하려고 하였는데 학기 초 발표를 보니 학생회 지도교사였다. 그 무렵은 민주화 열풍으로 각 학교가 몹시 몸살을 앓을 때였다. 일부 대학에서는 학생회 간부들이 총장실을 점거하거나 심지어 총장을 감금하는 사태도 발생하였고, 어느 고등학교에서는 학생회 간부가 스승의 머리를 삭발하는 불상사도 일어나 우리 사회를 매우 놀라게 하기도 했다.

그 어수선한 시기에 학생회를 맡는다는 것은 여간 고역이 아니라는 예감에 나는 강하게 반발하였다. 하지만 이미 발표된 인사를 바꿀 수 없다며, 나의 보직 교체 요구는 받아들여지지 않았다. 나는 교장 선생님에게 학생회 정부회장 선거를 간선에서 직선제로 바꾸도록 허용해줄 것과 학생회의 요구 조건을 학교에서 최대한 받아들여줄 것을 말씀드렸다. 그러자 최윤애 교장선생님은 나의 요구를 흔쾌히 수락해주셨다.

1987년 대통령 선거 이전에는 한동안 대통령을 체육관에서 간선으로 뽑았다. 그 여파인지 학교 학생회 임원도 간선 아니면 학교에서 임명하는, 이름만 민주주의 교육이었다. 학기 초 학생회 첫 상견례 시간에 내가 먼저 학생회 선거를 직선으로 한다고 발표했더니 학생들이 박수를 치며 환호했다. 나중에 들은 뒷이야기로는 자기들의 그 해 투쟁 목표를 지도교사에게 빼앗겼다고 했다. 아마 그때 우리 학교가 학생 회장단 직선제를 가장 먼저 부활시킨 학교였을 것이다. 당시 학생 회칙은 간선제로 유신의 잔재라, 나는 법전을 펴고 공부하면서 회칙을 개정하고 새로운 학생회 선거법을 만들었다.

마침내 새 선거법으로 학생회 선거가 수십 년 만에 처음으로 치러졌다. 그러나 복병은 학생회 간부들이 아니라 일부 동료 교사였다. 나는 그 일로 무척 충격을 받았다. 그때서야 우리나라에 민주 발전이 더딘 까닭을 알 수 있었다. 대체로 기득권자는 내심으로는 민주주의를 원하지 않는다는 것도. 조연이나 엑스트라가 있기에 주연이 독재를 한다는 것도 그때 알았다.

그해 5월, 직선제로 뽑힌 정부회장들과 학생회를 조직하여 발대식을 했다. 첫 모임에서 학생회장이 대의원에게 한 말이 지금도 신선한 충격으로 남아 있다.

"여러분에게 나눠드린 빵과 우유는 학우들이 낸 학생회비로 산 것입니다. 맛있게 드시고 학우들을 위해 열심히 일합시다."

그전 학생회장들이라면 "학교에서 사준 겁니다"라는 말을 하면서 학교나 지도교사에게 감사히 먹겠다고 인사하였을 것이다. 곰곰이 뜯어보면 지당한 말이다. 분명 학생회비로 산 것이다.

학생회 임원들과 함께 보낸 1년은 즐거운 일보다 난처한 일이 훨씬 더 많았다. 회장이 고3이라 2학년 부회장 이영수 군이 주로 나에게 찾아와 학생회의 건의 사항을 전달하거나 그 집행을 일방으로 요구하였다. 그는 무표정한 얼굴에 차분한 목소리로 "선생님, 학생회비 지출 장부를 공개해주십시오"라고 말하고는 잠자코 내 처분을 기다렸다.

학생들이 얼마나 학교를, 어른들을 못 믿으면 이런 사태에 이르렀을까? 나는 우리 학교는 그렇지 않다고 했지만 그는 물러서지 않았다. 학생회 간부들이 서무실로 가서 장부 열람을 요구했다. 서무과장이 흥분해서 나에게 달려와 항의했다. 학생회가 상급 기관이냐고. 다행히 교장선생님의 배려로 장부를 공개하게 하여 정면충돌 위기를 넘겼다. 공개 결과 학생회비 집행에 몇 가지 문제는 있었지만 큰 흠이 드러나지 않아 학생들의 오해는 풀렸다. 그 일 외에도 그는 아주 냉정한 표정으로 여러 문제들을 조목조목 따지거나 건의했다. 그때마다 나는 늘 판정패를 당하고 그의 요구를 들어주거나 학생회와 학교 사이에서 샌드위치로 1년 내내 곤욕을 치렀다.

아무튼 그해 나는 마음고생도 많이 하였지만 그들을 통하여 많이 배웠고, 우리나라의 앞날이 밝다는 것을 알았다. 그러면서 그동안 우리 정부나 교육계 등 사회 전반에 왜 부정부패 비리가 사라지지 않는지 그 까닭도 알게 되었다. 가장 큰 문제는 기득권자들이 부정부패 비리를 잘 알지 못하거나 둔감하거나 또는 잘 알면서도 오래된 관행이라며 대수롭지 않게 여긴다는 점이다. 그리고 나 자신도 그 굴레에서 자유롭지 못하다는 것도 깨달았다.

그렇게 지도교사를 골탕 먹였던 이영수 군이 서른다섯 살의 나이로 장가를 간다면서 신붓감을 데리고 강원 산골까지 찾아준 게 대단히 반가웠다. 속 썩인 자식이 나중에 효자이듯이. 아마도 애간장을 태웠던 제자가 애제자인가 보다. 예비 신부는 부산 아가씨로 상냥하고 붙임성이 좋았다. 그새 그는 내 책을 사서 다 읽었다고 사인을 부탁하기에 속표지에다 미리 주례사의 주제를 써주었다.

"한눈만 뜨고 사세요."

두어 시간 지나자 날이 저물었다. 그들은 갈 길이 바쁘다고 총총히 떠났다. 그들이 떠난 뒤 내가 찍은 사진 파일을 열어보자 노총각 영수 군이 아리따운 신부 곁에서 활짝 웃고 있었다. 그에게 그 사진을 이메일 첨부파일로 보내면서 짤막하게 한 줄 썼다.

노총각 활짝 웃는 모습이 보기에 좋구나.

(2006.10)

다시 만나면 더 반갑다

한국전쟁이 한창 계속되던 1952년 이른 봄, 여덟 살 먹은 까까머리 소년은 할아버지 손을 잡고 구미초등학교에 입학했습니다. 이후 구미중학교, 중동고등학교, 고려대학교 국어국문학과를 졸업한 후, 군 복무를 마치자마자 학교 교사로 부임하여 오늘까지 32년 8개월에 이르렀습니다. 저의 지난 생애는 학교 울타리를 벗어난 적이 없습니다. 이제 온실과 같은 학교라는 사회를 떠납니다. 저는 곧 서울을 떠나 강원도 산골에서 텃밭을 가꾸고, 뒷산에서 군불용 나무를 하는 나무꾼이 되려고 합니다.

사실 저는 조용히 이 학교를 떠나고자 했습니다. 퇴임사라 하여 의례적인 말이나 미사여구나 잔뜩 늘어놓고 떠나는 것은 옳지 않다는 생각이 들었기 때문입니다. 하지만 학교에서 베풀어주는 '퇴임 예배' 자리를 군이 피하는 것은 예의가 아닐 것 같아서 뒤늦게 이 자리에 섰습니다. 아무리 악한 사람이라도 죽을 때는 선한 말을 남긴다고 합니다. 한 선생님이 학교를 떠나면서 마지막 남긴 말이 여러분 삶에 조금이라도 도움이 된다면 오늘 이 자리가 조금은 의의가 있을 것입니다.

고교 시절은 인생의 황금기입니다. 지금 여러분이 생각한 대로 앞날 인생은 대체로 결정됩니다. 물론 그에 따른 끊임없는 노력이 뒤따라야 합니다. 저는 어린 시절에 꼭 교사가 되고 싶었습니다. 그래서 33년 동안 교사로 살았습니다. 저는 고교 시절에 선생님들이나 친구들로부터 '작가', '시인'이라는 별명을 얻었습니다. 그래서 작가가 되고자 하였습니다. 하지만 작가의 길은 험난해서 아주 늦깎이로 문단에 얼굴을 내밀고 지금까지 10여 권의 책을 펴냈습니다.

저는 고교 시절, 학생 기자로 활동하기도 했으며, 집안이 기울어서 신문 배달도 하였습니다. 그때 나는 '지금은 신문 배달을 하고 있지만, 언젠가는 기자나 사장이 되겠다'는 당찬 꿈도 꾸었습니다. 그 꿈 탓인지 천만뜻밖에도 시민기자가 되어, 여러 네티즌의 성원으로 지난 1월 31일부터 3월 17일까지 미국에 특파되어 경비가 삼엄한 백악관 앞에서 "미국이여, 이제 두 동강난 내 조국 한반도 통일에 방해치 말라"는 겁 없는 기사도 썼습니다. 이 모두가 고교 시절에 품었던 꿈이었습니다.

꿈을 지닌 인생은 아름답습니다. 이제 정년을 5년 남기고 이 교단을 떠나는 것은 여러 이유도 있지만, 저의 마지막 꿈을 이루고자 함입니다. 시골 생활을 하면서 많은 사람에게 감동과 용기를 주고, 그리고 더 나은 세상을 위한 글을 쓰는 데 밤낮을 가리지 않을 겁니다.

지금 대한민국에서는 '진흙밭에서 개들의 싸움'이 벌어지고 있습니다. 어떻게 하면 이 나라 이 겨레를 잘 이끌어가겠다는 입씨름이 아니라, 서로 누가 상대 얼굴이 검느냐고 싸우고 있습니다. 사실은 두 편 다 검은데도 말입니다. 저도 한때는 내 얼굴이 검은지도 모른 채 그들을 비난했습니다. 그런데 곰곰이 생각해보니 내 얼굴도 그들 못지않게 검었습니다. 그리고 그런 사람은 대부분 많이 배우고, 이른바 좋은 대학을 나온 사람들이었습니다. 바로 우리 교육자들이 가르친 학생이었습니다. 정말 부정부패로 얼룩진 이 나라는 우리 모두가 참회하고 나부터 행동으로 실천하지 않는 한 구제 불능입니다.

제가 이 학교에 처음 왔을 때는 한 학년이 네 학급으로 작고도 아담한 한 가족과 같은 학교였습니다. 그래서 선생님들은 학생들을 모두 알았고 학생 역시 선생님을 다 알았습니다. 한 학년 네 학급이 그새 19학급으로 늘어났습니다. 지난해 가을 중간고사 때 어느 교실에 시험 감독 교사로 들어가자 한 학생이 "선생님도 이 학교에 계시느냐?"고 물었습니다. 공장에서 제품이 쏟아지듯 학생을 길러내는 곳에서는 참다운 사람의 교육을 할 수 없습니다.

이제 교단을 떠나면서 이 학교가 더 작아지고, 학생들의 인격을 더 존중하고, 그들의 소질과 개성을 더 발휘할 수 있는, 진정으로 사람을 키워주는, 이름과 실제가 같은 '민주적인 학교'가 되기를 바랍니다. 학교가 민주화되어야 사회도 나라도 민주화됩니다.

제가 이 학교에 올 때 20년만 버티자고 결심했는데, 27년을 지내고 떠납니다. 이 점에서 '이화학당'에 고마움을 느낍니다. 지난 학기에 퇴직하려 했는데 그때 소매를 잡아준 교장선생님께도 감사드립니다. 그리고 "교사는 학생을 보고 사는 거다"라고 끝까지 교단에 남기를 바랐던 아버지와 무능한 남편을 묵묵히 지켜준 아내에게 감사드립니다.

제가 이대부고에 재직하는 27년 동안 개인적으로 변한 것은 거의 없습니다. 집도 부임할 때 그대로고 재산은 한 푼도 불어나지 않았습니다. 엊그제 퇴직금이 입금되어 아내가 결혼한 후 처음으로 통장에 많은 돈이 들어왔다고 해서 함께 웃었습니다.

이 자리를 빌려 졸업생과 학생 여러분에게 진심으로 사죄합니다. 저의 무능과 게으름으로 잘못 가르치고, 용렬함으로 때로는 화내고 회초리를 들어서 여러분의 마음을 상하게 한 점 두고두고 반성하겠습니다. 학생 여러분은 이 나라 이 겨레의 희망입니다. 여러분이 올곧게 바로 자라 이 나라의 일꾼이 되기를 바랍니다.

여러분! 열심히 사십시오. 열심히 사는 사람은 다시 만나면 반갑습니다. 열심히 사는 사람은 다시 만나면 반갑습니다. 열심히 사는 사람은 다시 만나면 반갑습니다. 이 말은 제가 교단에서 제자들에게 늘 들려주었던 말로, 지난 일요일(3월 14일) 미국 로스앤젤레스 샌타모니카 바닷가에서 졸업 후 20여 년 만에 감동적으로 만난 제자들에게도 들려준 말입니다.

열심히 사는 사람은 다시 만나면 더 반갑습니다. 안녕히 계십시오.

박도 올림(2004.3)

셋째 마당

한 번만 더

이렇게 정다운

너 하나 나 하나는

어디서 무엇이 되어

다시 만나랴

— 김광섭, 「저녁에」

밭갈이하는 농부(2005.4. 강원도 횡성군 안흥면 말무더미마을)

미운 오리 새끼

1972학년도 서울 오산중학교 부임 첫해에 중1 신입생을 담임으로 맡았다. 내가 가장 신참 교사라 끝 반인 12반이었다. 입학식 날, 직원회를 마치고 운동장에 나가자 많은 신입생들이 반 표지 팻말 앞에 정렬하고 있었다. 1학년 12반 팻말 앞에 다가서자 신입생 녀석들이 고개를 뽑아 새 담임인 나를 호기심 어린 초롱초롱한 눈망울로 바라보았다. 나는 녀석들이 어린 토끼같이 귀여워 앞줄부터 한 녀석씩 복장을 매만져주고 볼을 쓰다듬으면서 맨 뒷줄까지 훑어갔다. 그런데 맨 끝엣 놈, 녀석은 피부가 새하얗고 코가 유난히 오뚝했다. 얼른 보아도 그는 장난기가 많아 보이는 혼혈아였다. 나는 녀석을 덥석 껴안았다.

"이름은?"

"주대성이에요."

"누구와 함께 왔니?"

"혼자 왔어요."

내가 어깨를 다독거리자 녀석은 싱긋 웃었다. 입학식이 끝난 후 그들이 제출한 환경조사서를 정리하면서 주 군 것을 유심히 살폈다.

본적은 경기도 파주군 연풍면 연풍리(용주골)이었고, 현주소는 용산구 보광동 속칭 '텍사스 골목'으로 그의 성(姓)은 어머니를 따랐다. 며칠 후 그의 면담 차례였다.

"누구랑 사니?"

"엄마와 여동생, 셋이 살아요."

"아버지는?"

"미국에 계신대요."

"어머니는 뭘 하시니?"

"몰라요."

그의 대답이 갑자기 볼멘소리였다. 나는 더 이상 묻지 않고 머리를 쓰다듬자 그는 금세 전날처럼 싱긋 웃었다. 반 아이들은 그를 이름 대신 '헬로우'라고 부르며 마치 동화 속 미운 오리 새끼마냥 그냥 두질 않았다. 걸핏하면 '헬로우' '양키' '망키'라고 놀렸다. 그때마다 그의 울음으로 끝났다.

어느 날, 한 녀석이 헐레벌떡 교무실로 달려왔다.

"선생님, 대성이가 광덕이를 칼로 찔렀어요."

깜짝 놀라 교실로 뛰어갔더니 다행히 큰 상처는 아니었다. 연필 깎는 칼로 손등을 약간 다치게 했을 뿐이었다. 나는 다친 녀석을 양호실로 데리고 가서 치료를 받게 한 후 그를 교무실로 데려왔다.

"왜 찔렀니?"

"자꾸만 놀리잖아요. 걘 만날 놀려요. 도시락 반찬도 다 뺏어가요."

"그렇다고 칼로 찌르면 어쩌니?"

"……."

그 순간 그는 울음을 터뜨렸다. 두 손등으로 눈자위 눈물을 번갈아 문질렀다. 그러자 금세 얼굴에 때 자국으로 얼룩졌다. 마침 다음 시간은 내 반 수업 시간이었다. 교실에 들어서자 예삿날과는 달리 찬물을 끼얹은 듯 조용했다.

"눈 감아!"

반 녀석들은 꼼짝도 않고 겁먹은 채 숨을 죽였다. 나는 그때 군에서 전방소총소대장으로 곧장 제대한 뒤인지라 그 습성이 남은 탓인지 학생들은 상당히 무서워했다.

"앞으로 반에서는 어떠한 경우라도 대성이를 놀려서는 안 된다. 별명을 불러서도 안 돼!"

"네엣!"

대답이 우렁찼다.

"앞으로 다시 이런 일이 일어나면 선생님은 이유를 묻지 않고 너희들을 혼낼 테다. 알았냐!"

"네엣!"

일제히 복창한 대답이 더욱 우렁차다. 반장이 손을 번쩍 들었다.

"일어나서 말해봐."

"선생님, 저희들이 잘못했습니다. 다시는 이런 일이 없도록 하겠습니다. 오늘 일은 용서해주십시오."

반 아이들을 훑어보니 모두 그 말에 동의하는 듯했다.

"너희들 모두 약속할 수 있니?"

"네엣!"

"그럼 굳게 약속한 걸로 알고 오늘은 이만 용서한다."

그날 그 사건 이후로 반 아이들은 대성이를 대하는 태도가 사뭇 달라졌다. 그래도 내 눈을 피해 사소한 일은 있는 모양이었다. 그러한 일들의 발단을 보면 그에게도 다소 문제가 있었다. 그는 반 아이들의 눈에 거슬리는 엉뚱한 행동을 잘 했고, 그 당시로서는 햄이나 소시지 같은 별난 도시락 반찬을 싸왔다. 그러자 반 아이들이 그걸 먹고 싶어 껄떡거렸다. 조금만 장난을 해도 그는 피해 의식이 많아 대걸레나 포크를 들고 덤볐다. 그는 늘 놀림을 당했고, 싸움에 지면 울음부터 터뜨렸다.

어느 하루, 수업을 마치고 교무실로 가는데 아이들이 웅성웅성 복도를 메웠다.

"야, 대성이 엄마다."

"대성이 동생이다."

학생들은 신기한 구경거리나 된 듯 복도에서 법석을 떨었다. 나는 그들을 흩어 보내고 어머니를 내 자리로 안내했다. 어머니는 다섯 살가량의 노란 머리 파란 눈의 소녀를 데리고 왔다. 어머니의 외모와 차림은 얼른 보아도 미군부대 뒷골목의 여인임을 짐작케 했다.

"선생님, 고맙습니다."

어머니는 자리에 앉자마자 울먹거렸다.

"학교에서 자기편은 담임선생님밖에 없대요."

어머니는 고개를 숙인 채 한참 동안 말없이 손수건으로 얼굴을 훔쳤다. 교무실의 선생님들 눈길이 모두 내 자리로 쏠렸다. 호기심에 가득 찬 시선으로.

"혼자 키우기 힘드실 텐데 왜 일찍…… 해외 입양을 시키지 않았습니까?"

나는 조심스럽게 물었다.

"그렇게 하려고 몇 번이나 수속까지 밟다가 그만……. 내가 낳은 자식 차마 내 손으로 떼어버릴 수 없어……."

그리고는 다시 손수건으로 얼굴을 가리고 한참 흐느꼈다. 나는 순간 그 어머니의 일그러진 모습이 오히려 성녀(聖女)로 보였다. 그 어머니는 따가운 눈총과 자신의 생업에 막대한 지장을 받으면서도, 당신의 손으로 차마 뗄 수 없는 본능, 거룩한 모성애에 나는 할 말을 잃었다.

"학교에는 안 오려고 결심했어요. 초등학교 때 몇 번 학교에 찾아갔더니 다른 애들이 놀린다고 오지 말라고 한사코 말렸어요. 걔가 집에 와서 선생님 말씀 자주 하기에……. 선생님 죄송해요. 우리 대성이 때문에 속 많이 상하셨지요?"

그 어머니는 잠시 머문 후 떠났다. 그의 이웃에 사는 한 선생님은 그 어머니가 이태원 텍사스 골목에서 여태 현역 생활을 한다고 했다.

그는 그 후로도 자질구레한 말썽은 피웠지만 3년을 무사히 넘겼다. 때때로 어머니가 편찮다고, 홀트아동복지회에 양육비를 받으러 간다고 결석이 잦았다. 나는 여태 그의 후문을 듣지 못했다.

(1985.2)

길 잃은 어린 양

어느 여름날 오후, 수업이 비는 시간이었다.

"박 선생님, 구내전화 왔어요."

사환의 전달이었다.

"네, 전화 바꿨습니다."

"여기 수위실인데요. 오산중학교 때 제자였다는 성충주라는 분이 찾아왔습니다."

"네에?! 기다리라고 하세요. 곧 나가겠습니다."

그 녀석이 어떻게 여길……. 그는 내가 오산중학교 부임 첫해 담임 반 학생이었다. 키가 가장 작아 출석 번호 1번이었고 어렸을 때 소아마비를 앓은 지체장애 학생이었다. 그는 게다가 열병까지 몹시 앓아 지능지수가 몹시 뒤떨어진 학습지진 학생이었다. 모든 게 뒤떨어졌지만 학교만은 언제나 가장 먼저 등교했다. 하지만 수업시간에 질문할 때는 언제나 꿀 먹은 벙어리였다. 시험 답안지에는 자기 이름만 간신히 쓸 뿐 나머지 답안은 제멋대로였다. 그래서 학급에서 꼴찌는 늘 그가 도맡았다. 그는 짓궂은 반 아이들 등쌀에 무수한 놀림을 받고 시달렸지만, 한 번도 반항할 줄도 모르고 언제나 눈물만 훔칠 뿐 내게 찾아와 자기를 괴롭히는 학생을 고자질하지 않았다. 봄 소풍 전날 종례 시간이었다.

"성충주!"

"네, 선생님."

학교에서는 소풍 때 장애 학생이나 신체허약자는 담임의 재량으로 가정학습을 허용했다.

"넌 내일 오지 않아도 돼요. 결석으로 치지 않을 테니……."

"아니에요, 선생님. 전 갈 수 있어요."

나는 다소 불안했지만 그의 애절한 눈빛에 허락지 않을 수 없었다.

"그럼 혼자 오지 말고 이웃에 사는 희규와 같이 와야 돼."

"네, 선생님."

금세 그의 표정이 밝아졌다. 이튿날 소풍 집결지로 갔을 때 그는 벌써 도착해 있었다. 내가 미처 그를 확인하지 않자 그는 굳이 열중에서 나와 절름거리며 내게로 와서 도착 인사를 했다.

"선생님, 저 왔어요."

"그래, 고생 많았지?"

"아니에요. 희규 손을 꼭 잡고 버스 타고 왔어요."

나는 그의 머리를 쓰다듬어주었다. 그러자 그는 활짝 웃으며 열중으로 사라졌다.

어느 하루 성 군의 어머니가 학교로 오셨다. 서무과에 등록금을 납부한 후 내게 인사라도 하겠다고 오셨다. 어머니는 쉰은 넘었을 듯하고, 얼굴에도 수심이 가득해 보였다.

"선상님, 철모르는 제 자슥 때문에 얼매나 고상이 많으십니까?"

어머니는 첫 인사가 끝나자 더 말을 잇지 못하시고 손수건을 꺼내 얼굴을 묻고 한참이나 흐느꼈다.

"글쎄 자슥이 하도 시원찮아서 중핵교는 안 보내려고 했었는데, 그 자슥이 새벽같이 일어나서 학교 가겠다고 졸라대니 안 보낼 수 있어야지요. 제 자슥 제가 봐도 답답하고 속상한데 선상님 속은 얼매나 터지겠습니까?"

"아닙니다. 아이가 착하고 정직합니다. 제 말을 아주 잘 듣습니다."

"고맙습니다, 선상님. 첫돌 지난 후 우연찮게 앓더니 다리도 절고, 고약한 열병이 머리까지 옮았나 봐요."

어머니는 내내 우시다가 아들 같은 내게 몇 번 고개 숙여 인사를 하시고 돌아가셨다. 어느 하루 퇴근길 학교 정문 어귀에서 성 군의 어머니와 우연히 마주쳤다. 어머니는 얼른 화장품 외판 가방을 뒤로 감췄다.

"선상님, 부끄럽습니다."

"원, 별 말씀 다 하십니다."

"선상님, 바쁘시지 않으시면 저기로 갑시다. 제가 맥주 한잔 대접하겠습니다."

어머니는 나의 팔을 막무가내로 끌었다. 나는 한사코 거절하고선 도망치듯 그 자리를 벗어났다.

"선상님, 너무 서운합니다."

뒤돌아보니 어머니는 그 자리에 서 있었다.

"'안녕하세요, 선생님.'

내가 수위실에 이르자 그는 꾸벅 인사를 했다. 그새 그는 어엿한 성년이 되었다.

"선생님, 저 취직했어요."

"그랬어? 반갑다. 어디에?"

"종로 5가에 있는 인쇄소에 다녀요."

"참 잘됐구나."

"'선생님, 저 이제 다리 많이 나았어요."

그는 수위실 좁은 공간에서 두어 발자국 걸어 보였다.

"그래, 그전보다 많이 나았네."

"오늘은 일찍 끝나 선생님 만나려고 곧장 왔어요. 얼마 전에 선생님 만나려고 오산학교에 갔더니 그만두셨다고 해서 그냥 돌아왔어요."

나는 그를 데리고 교문 앞 이화당 제과점으로 갔다. 날씨가 무덥기에 빙수 한 그릇을 시켜주었다.

"선생님, 미안해요."

"왜?"

"바쁘신데 찾아와서……."

"마침 비는 시간이라 괜찮다. 취직까지 했다니 기쁘기도 하고."

그는 빙수 그릇을 후딱 비우고는 곧장 일어났다.

"선생님, 저 가겠습니다."

"그래, 나도 곧 수업시간이야."

그날 오후 집에 돌아왔을 때 아내는 한 졸업생이 다녀갔다고 했다. 인상착의를 들으니 성 군이었다. 선생님을 조금 전에 만나 뵙고 돌아가는 길에 댁을 알아두려고 왔다면서 차 한 잔 마시고는 곧장 돌아갔다고 했다. 내 집은 주소만으로는 찾기 힘든 북한산 중턱 비탈진 산동네라 더운 날씨에 고생깨나 했으리라. 그날 이후 그는 가끔 집으로 찾아왔고 잊을 만하면 전화를 걸어왔다. 추석을 앞둔 어느 일요일이었다.

"저 오늘 월급 탔어요. 그동안 선생님 댁에 늘 빈손으로 가서 죄송했는데 추석에는 뭘 사다 드리고 싶어요. 선생님 뭘 좋아하세요?"

"그래, 생각만이라도 고맙다. 추석날 놀러 오는 건 좋은데 뭘 사오진 말아."

"엄마가 선생님께 꼭 뭘 사다 드리랬어요."

그는 매우 난처한 어투였다.

"아니다, 괜찮아. 이담에 네가 돈 많이 벌고 선생님 늙어 돈 못 벌때, 그때 많이 사 오고 지금은 그냥 와도 돼."

"네, 알겠습니다."

그는 못내 아쉬운 음성으로 수화기를 내렸다. 그는 일요일이면 한달에 한두 번 꼴로 집에 찾아왔다. 교회에서 예배가 끝나면 곧장 내집으로 온다고 했다.

"선생님, 자주 찾아와서 미안해요."

그는 언제나 찾아올 때마다 겸연쩍은 표정이었다. 어느 여름날 밤 잠결에 전화를 받았다. 창밖에는 소나기가 줄기차게 내렸다.

"선생님, 저예요."

"웬일이냐?"

"여기 한남동 순천향병원인데요. 엄마가 조금 전에 돌아가셨어요."

"저런……."

"선생님, 지금 여기에 와주시겠어요?』

시계를 보았다. 11시 40분이었다.

"지금은 안 돼. 곧 통금 시간이야."

"선생님 전 어떻게 살지요. 엄마는 저 때문에 고생만 하시다가 돌아가셨어요."

그는 더 이상 말없이 흐느끼다가 한참 만에야 수화기를 끊었다. 잠이 싹 가셨다. 그 흐느낌의 여운이 끈적끈적하게 귓전에 맴돌았다. 주섬주섬 옷을 입고 현관문을 열었으나 빗줄기가 너무 세차 엄두를 낼 수 없었다. 며칠이 지난 후 그가 다시 집으로 찾아왔다.

"선생님, 저 오늘 엄마 산소에 다녀오는 길이에요."

"혼자?"

"네……."

그의 눈두덩은 벌겋게 부어 있었다.

"선생님, 저 가겠어요."

"왜? 저녁 먹고 가."

"사모님에게 미안해서……."

"괜찮아. 나도 오늘 숙직이라 곧 나가야 돼."

나는 그와 겸상으로 식사를 마치고 같이 집을 나섰다.

"이거 얼마 안 되지만 받아. 빈소에 가보지 못해 미안하다."

어느 일요일 오후 동네 들머리 가게로 갔더니 성 군이 가게 의자에 걸터앉아 우리 집을 물끄러미 쳐다보고 있었다.

"왜 여기 있니? 집으로 들어오지 않고."

그는 겸연쩍은 듯 뒤통수를 긁적이며 자리에서 일어났다.

"벌써 한 시간은 더 됐어요. 오늘뿐만 아닌걸요. 자주 와서 평상에 앉았다가 그냥 돌아가기 일쑤예요. 예까지 와서 선생님 댁에 왜 가질 않느냐고 물으면 미안해서 못 간다며 이 주위를 맴돌다 그냥 간답니다."

가게 주인의 말이었다. 우리 동네 담당 아모레 화장품 판매원도 동네 주변을 맴도는 성 군 얘기를 자주 전했다.

"선생님, 저 선생님 봤으니 이제 갈래요."

"원 녀석도, 그냥 가면 어쩌니?"

나는 녀석의 손목을 끌어 집으로 데리고 왔다. 그의 신발은 밑창이 다 해져 양말마저 발가락이 다 보였다. 아내는 나의 헌 구두와 양말을 챙겨 신겼다.

그의 예고 없는 방문은 때론 난처할 경우도 많았다. 막 외출하려는데 녀석이 불쑥 들어서기도 하고, 오랜만에 집안 친지들이 오붓이 모여 식사를 나눌 때도 그는 큰상의 한 모서리 자리를 차지하곤 했다. 얼마 후부터는 친지들도 명절날 그가 끼지 않으면 궁금해하며 그의 안부를 물었다.

때때로 그의 방문이 성가셨지만 한편으로 그를 대할 때마다 나는 부끄럽고 미안한 마음이 앞섰다. 오욕칠정을 가진 별로 너그럽지 못한 한 인간을 그는 마치 성자(聖者)처럼 따르고 있으니 말이다. 나는 그를 온통 꺼안아주지 않는데도 그는 길 잃은 한 마리의 양처럼 내게 마구 달려들기 때문이다. 금년 정초에도 어김없이 찾아왔다.

"선생님, 언제 우리 집에 오실래요?"

"방학 중에 꼭 갈게."

"정말이지요?"

"그럼."

"보광동 버스 종점에 내려서 군인아파트 앞 약국에서 저희 집을 물으시면 돼요."

마침 아내가 외출 중이라 내가 떡국을 끓여서 같이 먹었다.

"선생님, 저 그만 가겠어요."

"왜 더 있다가 가질 않고."

"미안해서요. 자꾸 오고 싶어도."

"원, 녀석도 괜찮아."

"이거 달력인데 선생님 드리려고 가져왔어요."

그는 새해 달력을 두고 갔다. 그는 눈이 녹아 빙판이 된 비탈길을 절룩이며 내 집 축대를 잡고 조심스럽게 내려갔다. 나는 대문 앞 돌 계단에서 그가 보이지 않을 때까지 그의 뒷모습을 지켜보았다.

(1981.1)

다섯 번의 만남

아침에 컴퓨터를 켜고 메일함을 열자 "진천규입니다"라는 제목의 메일이 담겨 있었다.

선생님! 오랜만에 뵈어도, 그렇게 오래되지 않는 느낌이었습니다. 그날 저녁에 먹은 횡성한우도 맛있었지만, 무엇보다 선생님과 함께 지내는 시간이 더 좋았습니다. 늘 건강하시고, 가족 모두 행복하기를 기원합니다.

2009.7.10.

진천규 올림.

첫 번째 만남

문득 그와 몇 차례 만남이 주마등처럼 스쳤다. 나는 33년의 교단 생활 가운데 중1 담임은 꼭 한 번 하였다. 1972학년도 오산중학교에 부임한 첫해였다. 오산학교는 예사 학교와는 달리 삼일절 날에 기념식과 아울러 개학식을 하고, 이튿날 입학식을 가졌다. 이는 이 학교를 세우신 남강(南岡) 이승훈(李昇薰) 선생의 겨레사랑 정신을 기리기 위한 후학들의 아름다운 정성이었다. 남강 선생은 1919년 3·1만세를 주도한 민족대표 33인 가운데 한 분이었기 때문이다.

그해 입학식 날, 교직원회를 마치고 운동장에 나가자 8백 명 남짓한 신입생들이 반 표지 팻말 앞에 두 열로 정렬하고 있었다.

내가 '1학년 12반' 팻말 앞에 서자 새 교복을 입은 신입생들이 발꿈치를 들거나 고개를 뽑아 새 담임을 초롱초롱한 눈망울로 바라보았다. 나는 그들을 한 녀석씩 살펴가며 이름을 물으며 복장을 매만져주거나 안아주면서 끝줄까지 훑어갔다.

"야, 우리 선생님 아주 씽씽하다."

"굉장히 무섭겠다."

그들은 저마다 촌평을 조잘거렸다. 나는 그때 햇병아리 교사로 매우 극성스럽게 한 해를 보냈다. 학기 초 신입생 환영 축구대회에서는 내가 감독 코치까지 맡아가며 12개 반 중 우승을 차지하였는가 하면, 유별나게 학급신문도 만들었고, 학교 교지 및 학보 편집 지도교사 등, 무척 바쁘게 한 해를 보냈다. 그때는 학급 정원은 70명으로, 진천규 군은 몸도 호리호리하고, 글씨를 반듯하고도 개성 있게 썼던 학생이었다. 45년이 지난 지금도 나는 그때 반 학생들의 얼굴과 이름을 거의 기억하고 있다. 나는 그들의 진급에 맞춰 학급 담임 및 국어 교사로 3년을 마친 다음, 그들의 졸업과 같이 오산학교를 떠나 모교인 중동고교로 옮겨갔다.

두 번째 만남

1990년대 한겨레신문을 펼치면 사진보도 아래 '진천규 기자'라는 이름을 볼 수 있었다. 혹시 그가 아닐까 하는 반가운 마음에 신문사로 전화를 하자 그가 반갑게 받았다. 우리는 곧 신문사 곁 한 밥집에서 만났다. 나는 그에게 전공과는 달리 왜 사진기자가 되었느냐고 물었더니, 천만뜻밖에도 내 탓이라고 했다. 내가 그를 담임했을 때 학교 행사나 소풍을 가서 카메라로 자기들을 열심히 찍어줄 때, 그 모습에 매료되었다고 했다. 그래서 부모님에게 당시로서는 비싼 카메라를 사달라고 떼를 써서 가지게 되었다. 그것이 계기로 사진 찍는 취미 생활을 하다가 마침내는 전문 직업인이 되었다고 말했다.

그 얼마 후 내가 펴낸 책『아버지는 언제나 너희들 편이다』의 서평이 한겨레신문에 실렸다. 그는 책의 내용이 좋아 서평이 나갔다고 했다. 하지만 나는 아마도 그가 서평 담당기자에게 중1 때 담임선생이 쓴 책이라고 자랑한 덕분이라고 생각하고 있다. 하지만 이제껏 그 사실 여부를 확인치 못했다.

세 번째 만남

2004년 1월 31일, 이른 아침 전화벨에 잠이 깼다. 전화를 받고 보니 뜻밖에도 진천규 기자였다. 그날 나는 우국지사 권중희 선생과 미국으로 출국하는 날이었다. 뜻밖에도 그는 미국 LA 한국일보 기자로 근무하고 있었다. 그는 국내 보도를 통해 나의 미국 방문을 알고는 몇 시 비행기로 출국하느냐고 물었다.

그날 오전 10시(현지시간) LA 공항에 닿아 입국 수속을 마치고 대

합실로 나가자 꺽다리인 그가 손을 번쩍 치켜들면서 "선생님!" 하고 불렀다. 만리타향에서 옛 제자를 만나니까 눈물이 날 정도로 반가웠다. 그날 나와 권 선생은 워싱턴행 비행기로 갈아타기까지 여섯 시간 동안 그의 안내로 LA 시가지를 일주하면서 무료했을 시간을 매우 즐겁게 보냈다.

그는 2000년 6·15 남북공동선언 때 공동취재기자단으로 평양을 다녀온 뒤 한겨레신문사를 퇴사하고, 곧장 미주 한국일보 기자로 자리를 옮긴 그간의 신상 변화를 들려주었다. 그는 6·15 때 김대중 대통령과 김정일 국방위원장이 공동선언문에 합의 서명한 뒤, 손을 잡고 들어 올리는 역사적인 장면은 바로 자기가 연출하여 셔터를 누른 작품이라고 나에게 자랑했다. 나는 그 자랑이 밉지 않고 대견해 보였다.

그날 그는 미주 한국일보 기자로 우리 일행을 취재하였고, 나는 오마이뉴스 시민기자로 그를 취재하는 특별한 '사제의 만남'이었다. 미국에서 귀국하는 길에도 LA를 경유했는데, 그의 LA 현지 보도로 우리 일행은 많은 동포들의 환영도 받았고, 그의 안내로 조금도 불편함이 없이 3박 4일간 LA에 머무를 수 있었다.

네 번째 만남

지난 7월 3일 그가 강원도 산골 내 집으로 찾아왔다. 그는 2009년 5월에 미주 한국일보 서울지국장으로 부임해 온 뒤 주말을 틈타 내가 사는 곳을 찾아온 것이다. 헤어보니 그를 처음 만난 지 꼭 37년 만으로, 그새 10대 소년이 50대 장년이 되어 흰 머리카락이 보였다. 그는 안흥 산골에서 하루를 머물고 떠났다.

나는 그와 다섯 번째 만남은 어떻게 이루어질지 궁금해하다가 더이상 생각지 않기로 했다. 다만 나는 그와 여태까지 교실에서 만난 인연의 끈이 끈끈히 이어온 데 대한 감사드린다. (2009.7)

다섯 번째 만남

지난해 세모에 『미군정 3년사』가 발간된 이후 연초에 처음으로 눈빛출판사에 갔다. 이 대표는 오는 1월 중순부터 하순까지 서울 류가헌 갤러리에서 '1948년 서울, 겨울전'이라는 제목으로 『미군정 3년사』 수록 사진전을 열 계획인데, 전시회 기간 중 어느 하루 '저자와의 대화'를 50분 정도 진행해달라고 부탁했다. 저자로서 책 홍보에 힘을 보태는 것은 지극히 당연한 일이라 흔쾌히 승낙했다.

그런데 그날 집으로 돌아온 이후 이튿날부터 유행성 독감을 앓기 시작했다. 저자와의 대화 날짜는 1월 20일, 보름 정도의 여유가 있었다. 그래서 설마 그때까지는 낫겠지 편히 생각하며 열심히 병원에 다녔다. 그런데 독감은 좀처럼 내 곁을 떠나지 않았다. 게다가 그즈음 소한 추위로 섭씨 영하 15도 이하의 혹한이 연일 계속됐고, 그 날씨가 조금 풀리자 곧 미세먼지로 난리법석이었다.

행사 전날인 1월 19일까지 심한 기침은 이어졌다. 행사 당일 오후에는 서울 경기지방에 황사가 매우 심할 것이라는 예보가 나왔다. 나는 오시는 분들께 독감 전염 등의 우려를 표하며 행사를 연기하기로 작정했다. 전날 밤 출판사 이 대표에게 전화로 상의하자 그는 매우 난감해하면서, 당일 아침에 결정하자고 하룻밤 미뤘다.

다음 날 아침, 일어나자 기침은 멎지 않았고, 여전히 미세먼지가 매우 심할 것이라는 예보였다. 하지만 일단 공지한 약속을 취소하는 건 쉽지 않았다. 그 순간 이런 생각이 엄습했다. 그 얼마 전 나는 20년간 우직하게 약속을 지킨 한 사나이의 이야기를『약속』이라는 소설로 쓴 작가가 아닌가. 그 생각에 미치자 저자와의 대화 약속은 쓰러지는 한이 있더라도 강행해야 한다는 결심이 앞섰다.

예상대로 많은 초대자들은 불참을 통보해왔다. 그분들이 되레 고마웠다. 내가 지방에 사는 초대자들에게는 오지 말라고 통보도 했다. 그날 원주역에서 열차를 탔다. 서울이 가까워질수록 하늘은 더욱 잿빛으로 변했다.

이윽고 오후 4시, 텅 빌 줄 알았던 전시장은 찾아온 손님으로 가득 찼다. 막 저자와의 대화를 시작하는데, 출입문을 빠끔히 열고 한 껑충다리 녀석이 성큼 들어오고 있었다. 진천규였다. 다음 날 전민조 선생이 그날 찍은 사진을 보내준 걸 보니 나는 너무나 반가운 나머지 그의 손을 잡고 울고 있었다.

그랬다. 나는 그를 처음 만났던 입학식 때도 그들 70명을 하나하나 꺼안아줬다. 2004년 1월 31일 로스앤젤레스 공항에서 천만뜻밖에도 그를 만났을 때도 서로 얼싸 안았다. 아마도 그날 그 순간이 손님들에게 감동의 장면으로 비춰 카메라 셔터를 많이 누르신 모양이었다.

이즈음 그는 재미동포 신분으로 비교적 북녘을 자유롭게 드나들면서 최근의 그곳 모습을 우리들에게 생생하게 보여주고 있다. 특히 남북 상황이 극도로 악화 긴장된 지난해 가을 두 차례(2017.10~11)나 방북해 신의주·평양·원산 등지의 모습을 SBS〈뉴스스토리〉와

JTBC 〈이규연의 스포트라이트〉를 통해 여과 없이 보여줘 남쪽 사람들에게 신선한 충격을 줬다. 긴장 속에서도 평온한 북녘 동포들의 일상으로 남녘 사람들의 전쟁 공포와 불안감을 씻어줬다. 그가 전한 북쪽 동포들의 한결같은 말이라고 한다.

"우리는 먼저 전쟁을 도발하지는 않습니다. 하지만 가만히 맞고만 있지는 않을 것입니다."

원래는 하나였던 우리가 외세로 인해 분단되었다. 지금은 둘로 나뉘어져 있지만, 언젠가는 하나로 합쳐져야 할 우리다. 분단된 지 그새 70여 년의 세월이 흘렀다. 그동안 남과 북은 서로 한 하늘 아래 살수 없는 원수로 싸우며 지냈다는 것은 정말 어처구니없는 일로 짐승보다 못한 야만의 짓이었다. 이는 그동안 남과 북의 정치 지도자들의 직무 유기로 마땅히 비난을 받아야 할 것이다.

그는 남북통일의 전 단계 작업으로서 우리 겨레의 동질성 회복과 굳게 닫힌 동포들의 마음의 문을 열기 위한 작업을 열심히 준비 중이라는 말을 했다. 나는 그 말을 듣자 정말 자랑스러운 제자라는, 교육자로서 최대의 보람과 기쁨에 이제는 '죽어도 좋아'라는 생각이 들었다. 지난해 연말에는 또 다른 제자가 민화협 상임의장으로 남북평화와 통일전선에 앞장선 일꾼이 된 것을 보고 흐뭇했다.

그날 저자와의 대화 시간은 대단히 진지했다. 한 독자로부터 날카롭고도 시류에 예민한 질문이 쏟아졌다.

"선생님의 사진집을 보면 학살 장면이 많이 나옵니다. 어느 쪽이더 심했습니까?"

"양편이 똑같다고 생각합니다. 그야말로 피장파장으로 두 손뼉이마주쳐야 소리가 나는 이치와 같습니다. 우리는 피차 서로에게 상처를 많이 줬습니다."

"미군은 진주군이었습니까?"

"미 주둔군 사령관 하지는 미 군정청은 38도 이남의 조선지역을 통치, 지도, 지배한다고 포고에서 밝힌 바 있습니다."

"장차 통일은 어떤 방안으로 이루어질까요?"

"현대건설 정주영 회장은 강원도 두메산골에서 8남매의 장남으로 태어났습니다. 죽도록 일해도 콩죽을 면할 길이 없어 소 판 돈을 훔쳐 들고 서울로 와서 싸전 배달원이 됐다가 마침내 주인의 신임을 얻어 가게를 넘겨받았습니다. 그분이 쌀가게 배달원 시절, 주인에게 부당하고 서러운 일도 많이 당했을 겁니다. 그것을 참고 이겨냈기 때문에 후일 소 500마리를 몰고 고향에 돌아간 것입니다. 우리는 이 예화에서 통일의 방안을 찾아야 합니다. 강대국이 아무리 부추겨도 우리가 싸우지 않으면 전쟁은 일어나지 않습니다. 우리 스스로 국력과 자주 정신을 드높여야 합니다. 그러면 저절로 통일이 됩니다."

그 밖에도 많은 질문이 쏟아졌다. 나는 그 질문에 성심껏 대답하면서 저자와의 대화 시간을 마무리했다. 그날 밤 청량리에서 열차를 타고 돌아오는데, 문득 이제 죽으면 딱 알맞다는 생각이 들었다.

(2018.1.21)

성자가 된 제자

이달에는 여러 제자에게 전화나 문자, 메일을 부쩍 많이 받았다. 아마도 5월은 '감사의 달'로 스승의 날이 있었기 때문인가 보다. 아무튼 늙은 훈장은 그들이 반갑고 그저 고마울 따름이다. 그 가운데 가장 먼 곳에서, 가장 수고를 많이 하는 한 제자가 메일을 보내왔다. 그는 미국 시키고 일리노이대학교에서 어카운팅 디렉터(Director of Accounting and Administration)로 있는 이영 박사로 이 시대에 드문 여섯 자녀의 아버지다.

요즘 젊은 세대들은 '3포'니, '5포'니, 심지어는 '7포'라는 신조어까지 만들어가고 있다. 3포는 '연애 · 결혼 · 출산을 포기한다'는 뜻이라고 한다. 내 언저리에도 독신 미혼 남녀들이 부지기수다. 구미 선진국을 비롯한 이른바 국민 소득이 높은 나라일수록 출산율은 낮아지고 있는 반면, 저소득 국가는 출산율이 여전히 높은 모양이다. 이즈음 우리나라도 선진국에 진입한 탓인지 출산율이 극감하여 자녀를 많이 낳는 이가 새로운 애국자로 존경과 각광을 받고 있는 세태다. 정부를 비롯한 각 지자체에서는 출산율을 높이기 위한 별별 묘수를 다 쓰고 있는 현실이다. 이런 세태에 그것도 미국에서 여섯 자녀를 낳아 기른 그의 얘기는 신선한 충격이었다.

이영 박사는 고교 시절부터 매우 어렵게 공부했고, 한국 대학 및 미국 이민 생활도 엄청 힘들었다. 하지만 독실한 신앙심으로 잘 극복하며 화목한 가정을 이뤘다. 5년 전 그가 나에게 보낸 편지에는 딸 다섯, 아내, 그리고 장모님 등 일곱 여자와 한 아들을 둔 분대장이라는 얘기와 네 명의 대학생 학부모라는 얘기를 듣고, 그 수고로움에 감탄과 존경심을 보낸 바가 있었다.

선생님, 이틀 전 아내와 산책길에 이양하의 「신록예찬」을 떠올리며, 선생님 이야기를 했습니다. 고1 때 그 작품의 그 배경인 연대 뒷동산에 가서 야외수업을 했던 기억이 납니다. 40년이 다 되어가는 지금도 그 시절을 아름답게 추억하고 있습니다. ……멀리서나마 건강하시길 기도드립니다.

2016.5.14. 시카고에서 이영 올림

문안 인사 고맙네. 시간 나는 대로 자네 가족 근황 좀 자세히 들려주시게. 특히 여섯 공주와 한 왕자 이야기…….

2016.5.16. 고국 원주에서 박도 올림

선생님, 애들이 너무 많아 일일이 사연을 말씀 드리기가 힘들 것 같네요. 몇 년 전 시카고 중앙일보에 2년간 기고했던 글 가운데 몇 개 첨부파일로 보냅니다. 하나님께서 선생님의 건강과 영감(Inspiration)을 넘치게 주시옵기를 기도합니다.

2016.5.20. 시카고에서 Young Lee, MBA.

그 메일 첨부파일에는 그의 자녀 이야기 열두 꼭지가 담겨 있었다. 그 가운데 '아내와 막내' '네 번째 나무' '네 번째 방법' 등 세 편만 소개한다.

아내와 막내

나는 목사님의 소개로 아름다운 아내를 만났다. 내가 아내를 통해 알게 된 것 가운데 하나는 당신 인생에 아버지가 큰 문제라는 점이었다. 외도가 잦으셨던 장인어른 때문에 차마 말하기 어려운 문제들이 집안에서 끊이질 않았고, 아내 마음에는 '남자는 믿기 어려운 존재'라는 생각이 깊이 자리 잡혀 있었다. 나는 결혼을 하면서 아내의 좋은 아버지가 되어 그 상처들을 치료해주어야겠다고 생각했다. 그러나 마음에 있는 오랜 상처는 쉽게 치료되는 것이 아니었다. 나는 나름대로 괜찮은 남편이라고 생각했지만, 결혼 생활 10년이 지나도 아내 내면의 상처는 그저 그대로인 것 같아서, 그때마다 나는 머리만 긁적였다.

딸 넷을 얻은 다음에 다섯째로 아들을 낳고, 일단 애 낳는 것에 대해선 나나 아내나 일단락 짓기로 했다. 그런데 생각치도 않게 아내는 여섯째를 갖게 되었다. 아내는 더 낳을 자신도, 더 이상 기를 자신도 없다고 했다. 그새 나이가 40이 되었고, 게다가 새로운 직장을 시작하게 되면서 엑스레이를 찍고, 풍진예방 주사를 맞는 통에, 뱃속에 있는 아이가 잘못될 가능성이 높았던 것이다.

어느 날 저녁을 먹은 뒤 아내는 "이 아이를 낳을 수 없다"고 말했다. 나는 이런 일이 내 집에서 생길 수 있다는 것을 상상치 못했다.

그래서 나는 "그 말에는 찬성할 수 없소. 낙태는 성경의 가르침이 아니지 않소?" 엉겁결에 튀어나온 나의 대답이었다. 하지만 아내는 아주 강경했다. 아내는 나에게 "아이와 아내, 둘 중에 하나를 선택하라"고 말했다. 여섯째를 가지면 아마도 자기는 죽을 것이라고 했다. 나는 아내가 그냥 하는 말이 아니라 매우 어려운 처지에 있다는 것을 알았다. ……나는 며칠을 고민하며 이 문제로 기도하지 않을 수 없었다. 요한복음 8장에 나오는 간음하다 현장에 잡힌 여자를 살려주신 예수님을 기억하고, 나는 무슨 일이 있든지, 아내를 사랑하고 보호하겠다고 결심했다. 책임은 내가 지리라. 그러나 마음이 너무 혼란스러워, 며칠 동안 사는 것 같지 않았다.

아내는 같은 교회에 다니는 가정의에게 부탁을 해서 산부인과 의사를 만날 수 있도록 스케줄을 잡았다. 공교롭게도 의사와 약속 날짜가 교회에서 창세기 성경학교가 있는 날과 겹쳤고, 아내가 강사로 뽑히는 통에, 의사와 약속을 지키지 못하고 말았다.

며칠 후 찾아갔더니, 예약 진료 날짜가 지나서 더 이상 효력이 없으니 새것을 다시 가져오라고 했다. 아내가 이 사실을 알려왔을 때, 나는 더 이상 이 일에 신경을 쓰고 싶지 않았다. 그렇다고, 알아서 하라고 아내를 그저 내버려둘 수도 없었다. 나는 아내를 위해 어디까지든지 따라가야 할 것이었다.

다른 산부인과 선생님을 만나 상의를 드렸다. 이분은 "엑스레이는 괜찮은데, 풍진 예방접종을 했다면 선택의 여지가 없는 것 같다"고 말씀했다. 그러나 본인은 낙태 시술을 하지 않는다고 했다. 이렇게 해서 두 번째 시도에 실패하고, 다시 소개를 받아 세 번째 장소를 가게 되었다.

그곳 병원에 도착하니, 마침 건물 밖에서, 사람들이 팻말을 들고 낙태 반대 시위를 하는 중이었다. 내가 그 건물 앞에 차를 세우자, 한 자매가 우리에게 와서 믿음으로 애를 낳아야 한다고 설득을 했다. 아내의 표정을 보니, 그 설득이 효과가 없어 보였다. 병원에 들어가니 의외로 나이가 어린 사람들이 많은 것을 보고 놀랐다. "내가 어떻게 해서 이곳까지 오게 되었는가?" 나 자신이 어처구니가 없었다. 나는 "나를 도와달라"고 기도하지 않을 수 없었다.

아내는 초음파 검사를 하고 나오더니 곧장 집으로 가자고 했다. 뱃속의 아이가 벌써 13주가 지나서 하루에 끝내지를 못하고, 이틀이 걸리니 다시 약속을 해서 오라고 했다는 것이다. 그런데 아이는 분명히 12주째였다. 이때 집사람은 "하나님이 이 일을 원치 않으신다"는 것을 깨닫게 되었다. 아내는 내게 물었다.

"이 애가 장애가 있을 수도 있는데, 그래도 기르시겠습니까?"

나는 아내에게 진지하게 대답했다.

"나는 하나님을 믿습니다. 하나님께서 나를 어려운 애를 기를 만한 자격이 있다고 여기셔서 이 일을 맡기시면, 나는 이 일을 하나님으로부터 감사히 받을 것이오."

그러면서 나는 그때 아이의 이름을 "Joanne(하나님은 은혜로우시다)"라고 지을 것을 약속했고, 하나님을 예배했다.

그날 이후 긴장된 몇 달이 지났다. 아내는 마침내 건강하고 예쁜 딸을 출산했다. 기적이었다, 나는 약속대로 이 아이 이름을 "Joanne"이라고 지었다. 참 기적은 그 다음에 일어났다. 이 사건들을 거치면서 아내의 오랜 마음속 상처들이 치료를 받은 것이었다. 아내는 자신을 끝까지 사랑하고 보호하는 남자가 있는 것을 알게 되었고, 남자들은 똑같지 않다는 것을 알게 되었다. 그리고 손으로 잡힐 것 같은 그런 행복을 찾게 되었다. 조앤, 이 아이가 벌써 여덟 살이 되었다.

네 번째 나무

하나님께서는 나에게 딸 넷을 주시고, 다섯 번째로 아들을 주신 다음, 그리고 막내로 딸을 다시 주셨다. 네 번째로 딸을 얻었을 때는 아이가 참 예뻐서 내 한국 이름을 그 아이에게 물려주었다.

첫째 딸은 어려서부터 어머니를 닮아 차분하고 음악을 좋아했으고, 둘째는 말과 글에 능했으며, 셋째는 그림을 좋아했다. 넷째는 사람을 좋아하고 생각이 기발한 아이였지만, 세 언니들에 눌려, 집에서는 있는 듯 없는 듯 자랐다.

이것이 이 아이에게 인생 문제가 되어 10대가 되어서는 자기는 우리 집에서 '보이지 않는 사람'이라고 말했다. 나는 그 말에 가슴 아파하며 넷째를 위해서 짧은 이야기를 만들어준 적이 있었다. 그런데 오늘 아침 셋째가 이 글을 찾고는 여기에 자기 그림을 덧붙여 책을 만들어 내게 선물로 주겠다고 했다. 그 넷째가 벌써 대학에 다니고 있다. 다음은 내가 넷째 딸에게 지어주었던 이야기다.

옛날에 예쁜 교회를 지을 꿈을 가진 젊은 목사님이 계셨다. 그 목사님은 정원에 나무 네 그루를 심은 뒤 그것들을 정성껏 기르셨다. 목사님은 나무가 음악을 들으면 잘 자랄 것이라 생각하시고는 첫 번째 나무에게 항상 좋은 음악을 들려주셨다.

　과연 첫 번째 나무는 잘 자라서 피아노를 만들기에 손색없는 재목이 되었다. 목사님은 이 나무로 피아노를 만드셨다. 이렇게 만들어진 피아노는 모양도 좋았지만, 소리도 무척이나 아름다웠다. 교회에 오는 사람들마다 그 소리에 감동을 받고 하나님을 찬양했다. 피아노가 된 아름다운 첫째 나무는 행복해했다.

　목사님은 설교를 할 강대상이 필요했다. 그분은 두 번째 나무가 잘 자라 멋진 강대상이 되기를 바라셨다. 목사님은 기회가 날 때마다 두 번째 나무 앞에 와서 설교를 연습하셨다. 두 번째 나무는 목사님의 설교를 듣는 것이 기뻐서, 그때마다 가지와 나뭇잎을 흔들며 손뼉을 치곤 했다. 이 나무는 어려서부터 하나님 말씀을 잘 이해했고, 목사님의 소원대로 자라서는 좋은 강대상이 되길 바랐다. 목사님은 잘 자란 이 둘째 나무로 아주 멋진 강대상을 만드셨는데, 둘째 나무는 이런 자신을 보면서 행복해했다.

　세 번째 나무는 예술 감각이 남달리 뛰어났다. 이 나무는 다른 두 나무들처럼 크게 자라진 않았지만, 그 줄기마다 아름다움이 넘쳐났다. 목사님은 이 나무가 잘 자라 그분이 앉을 수 있는 예쁘고 안락한 의자가 되길 바랐다. 과연 이 나무는 유연하고 아름답게 자라 의자를 만들기에 한 점 흠이 없었다. 사람들은 강단 위에 놓인 이 아름다운 의자를 볼 때마다 감탄하여 일부러 와서 만져보고 갈 정도였다. 목사님은 날마다 이 의자에 앉아 설교도 준비하고, 쉬기도 하셨다. 세 번째 나무는 이런 자신을 보며 행복해했다.

　그런데 네 번째 나무는 너무 작았기 때문에, 잘 자라는 다른 세 나무들 틈새에 가려져 있기 일쑤였다. 이 나무는 볼품이 없어 어디에 써야 할지 알 수 없었다. 이 나무는 늘 자기가 쓸모없고 볼품없다고 생각했다. 다른 세 나무가 자기들의 꿈을 이야기할 때, 이 네 번째 나무는 잠자코 있어야만 했다. 그가 때로 말을 하고자 해도 들고자 하는 이가 없었다. 넷째 나무를 지나치는 사람들은 도대체 이 나무가 무슨 쓸모가 있을까 생각했다. 그 나무는 마치 자기 자리만 차지하는 것처럼 보이기까지 했다.

목사님은 세 나무의 재목으로 아주 잘 갖추어진 교회를 둘러보면서 만족해하셨다. 그런데 어딘지 한 가지가 빠진 듯했다. 목사님은 그것이 무엇일까 생각해 보고 또 찾아보았다.

"이상하다. 피아노도 있고, 멋진 강대상도 있고, 아름다운 의자도 있는데, 무엇이 빠졌을까? 왜 교회가 비어 있는 듯이 보일까?"

그러던 가운데 곧 목사님은 교회에 십자가가 필요하다는 것을 알게 되었다. '흠, 무엇으로 십자가를 만든다? 목사님은 첫 번째 나무, 두 번째 나무, 세 번째 나무를 생각해보았다. 모두 아름답고 비교될 수 없는 재목들이었다. 반면에 네 번째 나무는 거칠고, 볼품이 없었다. 좋은 재목이 아니었다.

그런 가운데 목사님은 네 번째 나무가 십자가로 쓰기에 가장 적당한 것을 알게 되었다. 그 나무는 '사람들에게 버린 바 되시고, 무시당하시고, 낮아지신 예수님'을 가장 많이 닮았기 때문이었다. 목사님은 그 네 번째 나무로 십자가를 만드셨다. 그리고 교회 중앙 가장 높은 곳에다 걸어놓으셨다. 사람들은 첫 번째 나무, 두 번째 나무, 세 번째 나무로 감동을 받았지만, 네 번째 나무를 통해서 더 큰 많은 감동과 위로를 받았다.

네 번째 방법

우리 부부는 아이들에게 어려서부터 악기를 하나씩 가르쳤다. 그랬던 것이 이제 제법 연주를 할 수준이 되었다. 큰애는 피아노, 둘째는 플루트, 셋째는 바이올린, 넷째는 첼로, 다섯째는 프렌치호른, 여섯째는 첼로를 배웠다.

모두 다 자기에게 맞는 악기를 찾기까지 몇 가지 악기를 거치곤 했다. 아이들은 그동안 시행착오도 많았지만 이즈음에는 자기들이 다루는 악기에 각자 만족하는 것 같았다. 우리 집에 특별한 손님이라도 오는 날이면, 아이들이 함께 음악을 연주하는데, 며칠 전에 한국에서 손님이 와서 음악을 듣게 되었다. 이런 때는 나까지 덤으로 음악을 즐길 수 있다. 작년에 크리스마스가 가까워지면서, 큰애들 넷은 각각 선물 살 돈 40불씩이 필요하다고 했다.

"40불, 물론이지!"

그러자 애들이 미안한 생각이 들었는지 우리 부부에게 무엇이든 원하는 것을 말하라고 했다. 그래서 나는 크리스마스와 연관 있는 곡으로 열 곡 정도를 들려달라고 말했다. 그렇게 해서 우리 부부는 160불을 내고 아름다운 음악을 들었다.

이번 한국에서 손님이 오셨을 때도 애들이 연주를 했다. 그 음악을 듣는 순간 마음에 큰 감동이 있었다. 나는 갑자기 이런 음악을 겨우 몇 사람만 즐기는 게 아깝다는 생각이 들었다. 적어도 30명 정도는 들었으면…….

하지만, 우리 집 거실은 아무리 사람을 많이 초대해도 20명 이상은 어렵다. 나는 이런저런 방법을 연구해보았다. 그 첫 번째 방법은 40만 불 정도를 더 들여서 거실이 넓은 집으로 이사 가는 것이다. 그

두 번째 방법은 1만 5천 불 정도를 들여서 지금의 거실과 침실의 벽을 허물어 거실을 크게 만드는 것이다. 그 세 번째 방법은 1만 불 정도를 들여서 거실과 침실 사이에 있는 옷장을 헐어 거실을 1.5미터 정도 넓히는 것이었다.

내가 그 이야기를 했을 때, 아내가 물었다.

"침실을 허물면, 우린 어디서 자요?"

"거실에서 자면 안 될까?"

일단 방향은 잡혔으니, 세 방법 가운데 한 가지만 정해서 실행하면 되었으나 그 가능성이 희박하기로는 세 방법이 다 비슷해 보였다.

지난주에 갑자기 안과 연구원 가운데 한 사람이 부탁이 있다고 하면서 내 사무실을 찾아왔다. 그는 고등학생인 둘째 아들 봉사활동 때문에 요양원을 자주 방문하는데, 때로는 거기 계신 어르신들과 대화를 나눈다고 했다. 그런 가운데 몇 어르신들이 자기한테 성경 공부를 시켜달라고 부탁을 하더란다. 그래서 자기는 불교 신자라 성경을 잘 모른다고 말했다. 하지만 친구 가운데 성경을 가르치는 사람이 있는데 그에게 부탁해보겠노라고 말했다고 했다. 그러면서 나에게 그분들에게 성경을 가르쳐줄 수 있겠냐고 물었다.

나는 그 연구원에게 요양원에 있는 그 어르신들에게 성경도 가르쳐줄 수 있고, 우리 집 애들을 데리고 가서 음악도 들려드릴 수 있다고 말했다. 그러자 그는 나의 말을 요양원에 알렸다. 곧 요양원에서 나에게 연락이 왔다. 그래서 우리 가족은 요양원을 방문케 되었다.

지난주 토요일에 우리 가족은 그 요양원을 찾아갔다. 그 요양원은 마치 가정집 분위기로 넓고 깨끗한 곳이었다. 어르신들은 약속한 오후 2시가 되자 지팡이를 짚거나 워커를 밀거나 휠체어를 타고 오셨는데, 한 30명쯤 되었다.

나는 그 어르신들에게 베드로 전서 1장 3, 4절 말씀을 전해드렸다. 내가 우스개 얘기를 할 때 어르신들은 배꼽을 잡고 웃으시며 좋아하셨다. 연로하신, 기운이 없는 어르신들이었지만 그분들의 표정은 어린이나 다름이 없어 보였다. 나의 말씀에 이어 아이들은 40분 동안 음악을 연주했다. 〈에델바이스〉를 연주할 때는 어르신들이 갑자기 노래를 부르기 시작했다. 끝으로 주기도문은 아주 큰 목소리로 암송하시며 몇 어르신은 계속 눈물을 흘리셨다.

아이들도 행복해했다. 갑자기 이것이 하나님이 나를 위해 마련하신 네 번째 방법이 아니었나 생각되었다. 이 방법은 굳이 내 집을 수리할 필요 없이 이미 잘 차려진 다른 곳에 30~40명 정도의 애청자를 모아놓고, 우리 가족은 말씀이나 음악만 연주해주면 되니까 가장 경제적인 방법이기도 했다. 결국 아름다운 것을 남들과 나눠 갖고 싶은 내 소원을 하나님은 이렇게 들어주신 것이 아닌가 싶었다.

나는 그의 글에서 착한 아버지, 곧 이 시대의 한 성자의 모습을 보았다. 그는 나의 제자가 아니라 오히려 나의 스승이라는 생각이 들었다. 왜냐하면 나는 그와 같은 훌륭한 아버지가 되지 못했기 때문이다.

(2016.5)

우정이 있는 그림

어느 날 4교시 수업 시간, 교실로 들어가려는데 여학생들이 복도에 몰려 희희낙락 낄낄거리고 있었다. 교실 문을 열자 남학생들이 야단법석이었다. 체육 시간 남학생들이 체육복으로 갈아입고 운동장에 나간 사이 여학생들이 남학생들의 바짓가랑이를 죄다 바늘로 꿰맸기 때문에 바지를 입지 못하고 쩔쩔매고 있었다. 여학생들의 짓궂은 장난이었다. 우리 학교에서는 기술·가정 시간, 체육·교련 시간에 남녀 별반 수업이기에 종종 이런 종류의 장난을 볼 수 있다.

때로는 한 교실에서 동성끼리 한 편이 되어 남성 대 여성이 집단으로 토닥거리기도 하지만 일단 학급 대항 운동 시합이나 합창 발표회 등의 행사가 있을 때 급우애는 돈독하다. 남학생들 시합 때 여학생들의 응원은 열광적이다. 코트에서 뛰는 선수보다 응원하는 편이 더 열정이 넘친다. 용광로마냥 뜨거운 급우애다. 선수들은 그 바람에 신이 나서 파이팅 넘치는 경기를 펼친다. 하지만 체육 선생님은 지나친 승부욕으로 부상자가 생길까 노심초사다.

그 경기에 이기면 일약 우상이 되고, 경기에 지면 여학생들로부터 동정과 핀잔을 받기 때문에 교내 체육대회를 앞둔 때는 경기 연습이 극성스럽다. 또 여학생들의 시합이 있을 때 남학생들은 감독 코치로 연습을 시키고 시합 때는 작전 지시까지 내린다. 관중이 없는 경기, 응원이 없는 경기는 비록 수준이 높은 경기일지라도 맥 빠진 경기다. 우리 학교 남녀 학생들의 경기는 남녀 학생들이 열광적인 응원으로 매우 재미있다.

때때로 남학생들만의 힘든 행사(교련 검열과 같은 것)가 있는 날은 여학생들이 음료수를 준비하거나 가사실에서 자기들이 만든 국수나 냉면으로 남학생들의 노고를 위로하는 모습은 참으로 아름답다. 나의 삭막했던 고교 시절을 회상하면 그들이 마냥 부럽다. 수업시간, 눈에 거슬린 녀석에게 체벌이라도 가하려면 여학생들이 기를 쓰고 옹호한다.

"선생니임, 한 번만 봐주세요."

요란한 합창이다.

춘계 등산 겸 소풍날, 도봉산 우이암을 오른다. 위험한 등산길 중간중간에서 남학생들은 여학생들의 등반과 하산을 돕는다. 신입생들에게는 입학 후 처음으로 선생님의 묵인(?)하에 서로 손을 잡을 수 있는 절호의 기회다. 그럴 때면 남학생들은 "선생님 먼저 가세요"라고 너스레를 떤다.

우정의 힘은 위대하다. 한 친구를 죽음으로 이끌 수도 죽음에서 살릴 수도 있다. 고뇌와 절망의 구렁텅이에서 끌어낼 수도 있다. 여자 친구의 한마디 격려, 남자 친구의 한마디 조언이 부모님이나 선생님의 말보다도 더 큰 위력을 발휘하기도 한다.

이 아무개라는 여학생이 있었다. 그는 장애인 학생으로 한여름에도 긴 바지를 입고 목발을 집고 다녔다. 그에게는 늘 그림자처럼 따라다니면서 책가방을 들어주고 불편함을 보살펴주는 남녀 친구들이 있었다. 나는 그를 대할 때마다 혹시 자신의 장애를 비관하거나 열등감을 느끼지 않을까 염려했다. 하지만 그는 정상의 학생보다 표정이 밝고 사고도 건전했다.

어느 특활 시간의 작품 발표 때 그는 '우정'이란 글을 소개했다. 그 글은 자기를 그림자처럼 따라다니며 보살펴주던 학급의 한 남자 친구에 대한 얘기였다. 그 남학생은 신부님이 되기 위해 이미 우리 학교를 떠났지만 대단히 순박하고 진실한 학생이었다. 그는 육신의 고통에 앓는 그에게 진실한 친구였던 것이다. 나는 그가 그처럼 밝게 생활할 수 있었던 원동력은 바로 그 남학생을 비롯한 언저리 친구들의 눈물겨운 우정 덕분이라고 생각한다. 나는 이 글을 쓰면서 그들에게 사랑이란 낱말을 쓰고 싶지 않다. 사랑이란 낱말은 그들의 우정에 어쩌면 불결하게 느껴질 수 있기 때문이다. 그 남학생은 학교를 떠났지만 그가 남긴 훈훈한 우정은 그의 가슴속 깊이 고이고이 남아 있다. 아마 그는 이 세상을 떠날 때까지 고교 시절의 그 우정을 진주처럼 지닌 채 범사에 감사하는 마음으로 살아가리라.

그가 졸업한 지금 나는 그들 뒷이야기를 모른다. 하지만 그들이 남긴 아름다운 우정은 이 땅에서뿐만 아니라 하늘나라까지도 이어지리라. 언제 기억해도 참으로 아름다운 한 폭의 우정 있는 그림이다.

세상은 살 만한 곳이다. 아름다운 사람들이 살고 있기에……. 아름다운 사람을 보는 기쁨은 이 세상에서 가장 큰 기쁨이다.

(1984.2)

나의 소명

누군가 먼 곳에서 나를 위해 진심으로 기도드려주는 사람이 있다면 얼마나 행복할까. 찰스 리(Charles Lee), 이종호. 그는 언제나 나를 위해 기도해주는 제자다. 20년 넘게 나에게 가장 많이 안부전화를 하고, 최근 내 손전화에 가장 자주 안부 문자를 보내고 있다. 이즈음도 그는 한결같이 날씨가 추우면 춥다고, 더우면 덥다고, 비가 많이 온다고, 봄꽃이 만발하다고, 함박눈이 쏟아진다고, 안부전화를 하거나 건강 조심하라고 문자를 보낸다. 그뿐 아니라 해마다 연말이면 크리스마스카드를 잊지 않고 보낼뿐더러, 내 생일까지 번번이 기억하고 해마다 한 번도 빠짐없이 생일축하카드를 보내고 있다. 나는 20년 넘게 계속된 그의 진정성에 감동치 않을 수 없다.

그는 1979학년도 이대부고 1학년 3반 담임 학급 학생이었다. 내가 그를 가르칠 때 학업 성적은 우수했지만 글씨가 악필이라고, 글씨쓰기 연습을 많이 하라고 자주 꾸준했다. 웬만한 학생이면 토라졌을 텐데 그는 오히려 구닥다리 훈장을 설득했다.

"선생님, 이제 곧 펜으로 글씨를 쓰기보다는 글자를 두드리는 세상이 올 겁니다."

그의 말대로 이즈음은 자판을 두드리는 세상이 되었다. 그는 내가 담임한 이듬해인 1980년 12월 가족과 함께 미국으로 이민 갔다. 그는 미국 캘리포니아주 글렌데일시에서 고교를 졸업한 뒤 뉴욕주립대학교로 진학하여 졸업했다. 이후 미국에서 은행원으로, 회사원으로 근무하며 지내다가 1993년 귀국하여 모교로 찾아와 우리는 다시 만나게 되었다. 그는 한국에서 결혼 후 미국 영주권을 반납하고 영주 귀국 정착하여 지금은 국내 특수학교 교사로 지내고 있다. 그는 청년 시절을 보낸 미국보다 자기가 태어난 모국이 더 좋다고, 남들이 선호하는 미국 영주권을 버리고 다시 모국으로 귀국한 골수 한국인이다.

그는 다시 한국 생활을 한 뒤부터 내 뒤를 그림자처럼 좇고 있다. 내가 서울 살 때는 물론, 강원도 횡성군 안흥면 말무더미 산골마을에 살 때도, 지금 살고 있는 원주 시내 아파트에도 여러 차례 다녀갔다. 그는 나와 동행하여 미 대륙을 횡단하는 게 자기의 소원이라고 하여, 한때 우리는 서로 머리를 맞대고 약 60일 정도 미주를 남쪽 코스로 서부에서 동부, 곧 LA를 출발하여 애리조나주, 텍사스주, 뉴올리언스주, 플로리다주, 노스캐롤라이나주를 지나 워싱턴 DC에 가기로 했다. 거기서 휴식 겸 미국 국립문서기록관리청(NARA)에 약 일주일간 드나들며 한국전쟁 사진 리서치 기간을 가진 뒤 다시 북쪽 코스를 밟기로 예정했다.

곧 워싱턴 DC를 출발하여 필라델피아, 뉴욕, 보스턴, 나이아가라 폭포, 펜실베이니아주, 미시간주, 일리노이주, 미네소타주, 사우스다코타주, 몬태나주, 워싱턴주, 캘리포니아주를 거쳐 출발지 LA로 돌아와 인천행 비행기를 타고 귀국키로 여정을 짰다.

그는 여태 운전면허증도 없는 골동품 훈장과 함께 그 힘든 미주 대륙을 혼자 운전하며 횡단하고자 미주 지도에서 고속도로 나들목을 찾아가며 여러 날 고생하여 세부 일정까지 깨알같이 세웠다. 하지만 내 사정으로 그 여행을 무기 연기하고 말았다. 내가 그에게 몹시 면목 없어 했다. 그러자 그는 나와 여행하려는 부푼 꿈으로 그 무렵 우울증을 해소할 수 있었다고, 오히려 감사 인사를 했다. 나는 다시 한번 그의 인품에 감동했다.

그는 매우 독실한 크리스천이다. 그는 한때 자기의 생업도 접고 아프리카 우간다로 날아가서 선교 활동을 하는 등, 이즈음도 시간이 나는 대로 봉사 생활을 열심히 하고 있다. 하지만 나는 크리스천이 아니다. 그러나 우리는 서로의 종교에 개의치 않은 채 이제까지 원만한 사제 관계를 이어오고 있다. 지구촌에서 사는 현대인은 피차 서로의 사상이나 종교를 존중하는 게 기본 예의일 것이다. 그는 인간관계가 몹시 깨끗한 편으로 특히 돈 셈이 매우 정확하다. 우리가 만나면 거의 더치페이로 셈하는데 그래서 사제 관계가 오래 지속되는지 모르겠다.

그는 작가가 되고 싶다고 나에게 많이 배우려고 한다. 하지만 나는 그에게 도움을 주기보다 오히려 그의 미국 이민 생활 체험담을 많이 듣고 내 작품 속에 용해시키고 있다. 나의 장편소설『용서』와『약속』에서 주인공의 미국 이민 생활은 그가 들려준 이야기를 참고하여 가다듬어 썼다. 그는 나와 만날 때마다 자기가 읽은 신간을 건네주거나 신문기사를 스크랩하여 봉투에 담아 나에게 전해준다. 그는 수시로 내가 쓰고 있는 글을 묻고는 그때그때 집필에 필요할 만한 자료가 나오면 즉시 메일로 보내주고 있다. 내 서랍에는 그가 보내준 이런저런 스크랩 철로 한 곳이 꽉 찼다.

　나는 이즈음 장차 그가 나보다 더 나은 작가가 되기를 진심으로 기도드린다. 인류의 문화와 문명은 제자가 스승을 뛰어넘음으로써 나날이 발전해왔다. 아마도 하늘은 나에게 한 훈장으로 나보다 더 나은 제자를 기르라는 소명을 내린 것 같다.　　　　　　　　(2014.1)

아내의 말 한마디

얼마 전 작가들의 한 모임에서 사회자가 나를 서울의 이화여고 교장선생님으로 재직했다고 소개하기에 손을 저었다. 그랬더니, 교감선생님으로 정정했다. 나는 하는 수 없이 마이크를 잡고 줄곧 이대부고에서 평교사로 지냈다고 고쳐 말했다. 잠시 후 그가 내 자리로 다가와 말했다.

"아니 선배님, 어치코롬 평교사로만 지냈소?"

"그러니까 글을 써도 팔리지도 않는 독립군 이야기나 쓰지 않소."

"참말로 거시기하네요."

몇 해 전 겨울, 아내와 같이 남설악 오색의 한 숙소에서 머물면서 주전골로 이른 아침 산책을 하는데 한 주민이 나에게 인사를 건넸다.

"교장선생님, 잘 주무셨습니까?"

"네, 잘 잤습니다만 교장선생님은 아닙니다."

그 무렵 남설악 오색에는 사학연금공단에서 운영하는 오색그린야드호텔에 전 현직 교육자들이 많이 찾아왔다. 그래서 그 주민은 나에게 '교장'이라는 호칭을 붙인 모양이었다. 오랜만에 만난 친구나 친지들도 으레 내가 교장이나 최소한 교감은 하고 교단에서 물러난 줄 알고 있다. 처음 그런 얘기를 들었을 때는 나는 조금은 부끄러운 생각이 들었지만, 이즈음은 평생 평교사로 지낸 게 내 분수에 맞고 오히려 그렇게 지낸 게 잘했다는 생각이 든다.

나는 교단생활 처음부터 끝까지 평교사였다. 수업도 엄청 많이 했다. 재직 중 한 번도 특혜를 받아본 적이 없었다. 매년마다 주당 20시간 이상, 30시간 가까이 수업을 했다. 국어는 중요 과목이라고 하여 방학 때도 등교해서 보충수업을 했다. 한때 보직(교무부장)도 맡았지만, 나 때문에 동료의 수업 부담이 많아지는 걸 차마 볼 수 없어 자청하여 수업 시간을 더 맡았다. 학급 담임도 20여 년 했다.

그런 탓인지 아직도 나를 기억해주고 시시때때로 문안인사를 보내주는 제자들이 더러 있다. 그들과 얘기를 나눠보면, 수업시간에 들려준 얘기나, 담임교사로, 문예반 또는 교지편집 지도교사로 만났던 일화를 말한다. 그런 인연 때문에 만남이 이어져오고 있었다. 결국 인간관계란 지위 고하의 문제가 아니라, 서로 간 얼마나 진정성 있게 상대를 깊이 있게 배려하였는가에 있다는 것을 새삼 느낀다.

오랜만에 만난 친구가 말했다. 현직에서 물러나자 전화나 편지는 물론 스팸메일이나 광고문자도 줄어들고 있다고 했다. 나는 그것은 지극히 당연하고 자연스러운 일이라고, 그런 세상인심을 담담히 받아들이는 게 정신건강상 좋다고 답했다. 흔히들 은퇴한 뒤 느끼는 공허감은 고위층일수록 심한 모양이다. 그게 싫어 현직에서 미적거리다가 비극으로 끝난 일도 자주 볼 수 있다.

얼마 전 한 제자가 문자를 보냈다.

"선생님, 서울 오시는 날 연락 주세요."

마침 서울 목동의 단골 치과에 가는 길에 그를 만나기로 했다. 청량리행 열차를 타고 가는데 문득 1980년 10월 초순 어느 날이 떠올랐다. 그 당시 나는 이대부고 2학년 문과반을 담임했다. 2학기 중간고사 날이었다. 1교시 고사 시작을 알리는 종이 울렸지만 끝내 세 학생 자리가 비어 있었다. 나는 고사 도중에는 등교하겠지 여기고 다른 교실 감독을 하고자 내 반 교실을 떠났다. 1교시 감독을 마치고 학급 교실로 갔지만 여전히 세 자리는 비어 있었다. 2교시 감독을 마치고 교실로 가도 그들 자리는 똑같이 비어 있었다.

교무실로 가자 교감선생님이 전화를 받다가 나에게 넘겨주었다. 전화를 받고 보니 한 학생의 어머니로, 세 학생이 아침 등굣길에 택시를 타고 가다가 4중 추돌사고를 일으켜 강남시립병원 응급실에서 가료 중이라고 했다. 곧장 병원으로 달려갔다.

세 학생은 시험 전날, 잠실에 있는 한 학생의 집으로 갔다. 그들은 거의 밤을 새우다시피 시험공부를 했다고 한다. 잠시 눈을 붙이고 깨어보니 등교 시간이 늦었다. 그래서 평소와는 달리 택시를 타고 올림픽대로를 달리다가 4중 추돌사고를 당했다. 세 학생 가운데 두 학생은 중상으로 4주 정도 입원 치료했고, 한 학생은 다소 경상으로 2주 입원 치료를 받았다.

그의 어머니는 그 와중에도 딸이 "자기는 미스코리아 대회에 나갈 터인데 의사 선생님에게 흉터가 나지 않게 치료해달라"고 말했다고 하며 웃었다. 얼마 후 한 학생 어머니가 나에게 "딸은 턱뼈 교정 수술을 받았기에 말을 하지 않아야 하는데 학급 친구들의 잦은 문병으로 치료에 애로가 있다"고 말하면서 학생들의 면회 자제를 부탁했다. 그 정도로 그때 학급의 급우애는 유난스러웠다.

그 학생과 나는 한 밥집에서 점심을 먹으며 당시 학창 시절 이야기로 추억을 되새겼다. 그는 대학 졸업 후 곧 결혼하여 지금은 25세의 아들과 23세의 딸을 둔 52세의 어머니라고 했다. 그동안 순탄하게 살았는데 이즈음은 좀 힘들다고, 몇 해 전 중소기업을 하던 남편의 회사가 문을 닫았기 때문이라고 했다.

"사람이 살다 보면 오르막이 있으면 내리막도 있다네. 아무쪼록 남편이 좌절치 않도록 자네가 곁에서 용기 많이 북돋워 주게나. 요즘 대한민국 남자들, 특히 50~60대 남자들 매우 힘들다네."

"네. 알겠습니다. 그렇게 하겠습니다. 제 남편이 꼭 재기하여 함께 선생님을 찾아뵙겠습니다."

"그날을 기다리겠네."

그는 커피 맛과 분위기가 좋다는 가까운 커피숍으로 나를 안내했다. 우리는 그의 고교 재학 시절 얘기와 국내외 여러 동창들 근황 얘기를 나누다가, 내 치과 예약 시간이 다 되어 자리에서 일어섰다.

"오늘 선생님 말씀은 저에게 큰 힘이 될 것 같습니다. 오늘을 제 인생의 터닝 포인트로 삼을게요."

"남편에게 용기를 주는 아내가 되시게. 남자들에게는 아내의 따뜻한 말 한마디가 가장 큰 힘이 되네. 살아온 날보다 앞으로 살아갈 남은 날이 더 중요하네. 경우에 따라서는 자네가 앞장서기도 하고."

나는 마치 친정아버지라도 되는 양 거듭 그에게 당부했다. 그날 볼일을 모두 마치고 청량리역에서 밤늦게 원주행 열차를 탔다. 그때 문자가 왔다.

"샘, 잘 들어가셨어요? 정말 오랜만에 옛날 기억 떠올리며 즐거웠습니다. 다음에 뵐 때까지 건강하시고요. 정선영 올림." (2014.9)

깨진 유리창

하늘이 유리처럼 맑은 졸업식 날이었다. 한 어머니가 꽃다발을 들고 내 자리로 찾아왔다.

"선생님, 안녕하세요. 저 작년 선생님 반 김현실 학생 엄마예요."

"아, 네. 따님 졸업 축하합니다."

"감사합니다, 선생님. 덕분에 걔가 고등학교를 잘 마친 것 같습니다."

"아닙니다. 따님은 아주 성실했습니다."

어머니는 굳이 나에게 꽃다발을 안겨주었다.

"졸업식이 끝났기에 말씀드립니다만, 걔가 2학년 때 어느 날 선생님의 말씀을 듣고 얼마나 좋아했던지, 진작 찾아뵙고 감사의 말씀 전하려다가 오늘에야 전합니다."

"네?"

"왜 2학년 때 깨진 유리창을 메운 아이가 ……,"

"아! 네. 바로 따님이었군요. 저는 지금까지 그 주인공이 누군지 모르고 지냈습니다."

어머니는 작은 선물 꾸러미까지 내 책상을 놓고는 총총히 교무실을 떠났다.

1982년도 나는 2학년 문과반 담임을 했다. 여학생들이 문과로 많이 몰린 탓에 학급 인원이 무려 70명이나 되었다. 워낙 학생이 많아 교실도 비좁았고, 학생 면담을 해도 열흘이 넘게 걸렸다. 그런데도 그해는 별로 힘들지 않게 보냈다. 말썽 피운 녀석들이 적었기 때문이다. 우리 교실은 1층 운동장 옆이었는데, 이따금 날아온 공으로 유리창이 깨지곤 했다. 그때마다 서무실에 보수 신청을 했지만 목공 아저씨는 바로 보수해주지 않고 여러 날 미뤄뒀다가 한 달에 한두 번꼴로 일감을 모은 뒤 한꺼번에 끼워주었다.

그해 11월 하순, 초저녁에 갑자기 겨울비가 내렸다. 저녁 뉴스에서 '내일 날씨가 갑자기 영하로 내려간다'고 했다. 그때 문득 그날 교실 창문에 유리가 깨진 게 생각났다. 그 무렵은 조개탄으로 난방을 할 때인데 교실에는 미처 난로조차 들여놓지 않았다. 첫 추위에다 '바늘구멍으로 황소바람 들어온다'고 했는데, 내일 학생들이 등교하면 얼마나 떨까 걱정이 되었다.

이튿날 아침, 집에서 창호지와 풀을 챙겨 가방에 넣고 평소보다 조금 더 일찍 출근했다. 교문에서 곧장 교실로 간 뒤 문을 열자 깨진 유리창은 이미 예쁜 종이로 말끔히 메워져 있었다. 누가 새벽같이 등교하여 이런 착한 일을 했을까? 교실을 둘러보니 대여섯 학생들이 공부하고 있었다.

"얘들아, 누가 창문을 이렇게 예쁘게 메웠니?"

"……."

　교실의 학생들은 서로 얼굴만 바라보며 웃을 뿐, 아무도 나서지 않았다. 조회 시간에 창문을 바른 사람을 물어도 자기가 그랬다고 나서는 학생이 없었다. 나는 그날 하루 참 흐뭇하게 보냈다. 그날 종례 시간에 창문을 메운 익명의 학생을 한껏 칭찬하면서 착한 일은 하고도 드러내지 않는 게 더 값지다는 말과 함께, 하늘에 계신 분은 남모르게 하는 착한 일을 하는 사람을 더 좋아한다는 말을 했다.

　"선생님 말씀 한마디가 아이들 앞날에 큰 영향을 줍니다. 그날 이후 걔는 더욱 봉사하는 생활을 하는 것 같습니다. 오늘 이렇게 그날 일을 말씀드리는 것도 걔가 알면 엄마는 주책이라고 나무랄 것입니다."
　"아, 네. 저도 그날 참 기분이 좋았고, 지금도 지난해 학급 학생들을 무척 좋아하고 있습니다."

　나는 지금도 그가 어디에선가 남모르게 착한 일을 하며 살아가리라 믿고 있다.
(2002.2)

사제 동행 일본 기행

나는 2003년 정초 이레 동안 일본 기타도호쿠(北東北) 지방 아키타(秋田), 이와테(岩手), 아오모리(青森) 등 세 개의 현을 둘러보고 왔다. 이 행사는 일본 국제관광진흥회에서 주관한 이들 세 개 현의 국제관광테마지구 행사였다. 그때 나는 작가로 추천되어 국내 방송 취재팀과 동행케 되었다. 기타도호쿠 지방은 혼슈(本州)의 가장 북쪽으로 여행객의 발길이 드물어 우리나라에 널리 알려지지 않은 곳이었다. 나는 이 행사를 통하여 온통 눈으로 덮인 설국의 정취를 마음껏 맛볼 수 있었다.

귀국 전날, 마지막 여정인 아오모리현 히로사키성의 등롱(燈籠) 축제 관람을 마치고 숙소인 미나미츠가루의 한 여관에 도착한 시간은 이미 밤이었다. 설핏 훑어본 여관은 예사가 아니었다. 로비도, 정원도, 실내 인테리어도 최상급이었다. 객실도 하나의 작품처럼 실내 분위기와 청결도가 거의 완벽에 가까웠다.

우리 측 인솔의 책임을 맡은 일본 국제관광진흥회의 김자경 정보계장은 "일본인들은 어떤 일이든 시작과 마지막에 의미를 두어 그 나름대로 형식을 갖추기를 좋아합니다. 오늘 저녁은 이번 행사 마지막 밤이므로, 그동안 일정을 돌아다보고 평가하는 모임과 아울러 일본 측에서 우리 일행을 환송하는 모임이 있습니다.”라고 하면서, 저녁 8시까지 2층에 있는 연회실로 모이라고 했다. 그러면서 그는 특별히 나에게 이번 행사 초청자를 대표하여 그들 인사에 대한 답사를 부탁했다. 나는 객실에 짐을 내려놓은 뒤 여관 내 온천에서 몸을 닦으면서 그가 부탁한 답사의 요지를 머릿속에 그렸다. 크게 세 가지 주제로 얼개를 잡은 뒤 초안을 메모했다.

저녁 8시, 예정대로 일본 측이 베푼 환송 모임은 2층 연회실에서 있었다. 연회실은 다다미방이었는데 2열로 서로 마주 보게 좌석을 배열했다. 일본에서는 열과 열 사이는 통상 3미터 이상 간격을 둔다는데, 이 관습은 옛날 무사들이 회의를 할 때 상대방에게 칼이 닿지 않을 정도로 거리를 떨어뜨린 데서 왔다고 한다.

마침내 환송연이 시작됐다. 이날 모임의 사회는 우리말과 일본어가 모두 유창한 김자경 정보계장이 맡았다. 일본 측 대표인 아키타현 관광과 오기와라 겐이치 씨의 제의로 건배를 한 뒤, 이번 행사에 참가한 이들이 돌아가며 짤막하게 소감을 말했다. 나는 우리 측을 대표하며 이번 행사에서 견문한 바를 크게 세 주제로 나누어 말했다. 첫째로 ‘일본에 대한 인상’ 둘째로 ‘한일 관계’ 셋째로 ‘개인적 소감’으로 내가 한 마디를 하면 곧장 김 계장이 일본말로 통역했다.

일본에 대한 인상

1. 일본의 기타도호쿠 지방은 눈의 천국이었다. 내 평생에 이렇게

많은 눈은 처음 보았다. 두고두고 기타도호쿠의 엄청난 눈을 잊지 못할 것이다.

2. 일본인의 친절에 탄복했다. 동서고금 친절은 나그네의 마음을 사로잡는 묘약이다.

3. 일본인의 문화 사랑에 감명받았다. 예를 들면 이와테현 곳곳에는 미야자와 겐지의 갤러리, 유적지, 시비가 있는 것을 보고 무척 부러웠다. 이런 풍토였기에 일본은 그동안 두 명의 노벨 문학상 수상자를 배출했다는 생각이 들었다.

4. 일본인들의 자연에 대한 사랑과 폭설 현상을 극복하여 축제로 승화, 발전시켜서 관광객을 유치하는 상술에 감탄했다. 오이라세 계류의 자연 보존 상태와 겨울 내내 내리는 눈을 축제화하여 관광 상품화하는 일 등은 한국도 많이 배워야겠다는 생각이 들었다.

5. 일본인의 근면함, 특히 열심히 일하는 노인들의 모습에 큰 감명을 받았다. 우리 일행을 편안하고 안전하게 이동시켜준 운전기사 이즈미야 씨와 안내인 아이코 씨, 그리고 오쿠야마 여관 주인, 이 밖에도 나이 드신 어른들이 열심히 일하는 모습에 배울 점이 많았다.

6. 일본 공무원들의 성실함에 감명받았다. 이번 여행 중 우리를 안내한 여섯 분의 공무원들을 유심히 살펴본바, 한 점 흐트러짐이 없는 자세에서 소문대로 '일본을 지탱하는 힘은 공무원'이란 말을 실감할 수 있었다.

7. 일본은 외래문화를 주체적으로 받아들여 거기다가 일본 혼을 불어넣어 새로운 문화로 재창조하여 다시 원조국으로 되파는 비상한 재주를 가지고 있었다. 예를 들면 자동차, 카메라 등이 그러하다.

8. 어린이들에게 일본 고유의 전통 계승 교육을 철저히 시키고 있

는 점과 겉으로 보기에는 외래 문화에 동화된 듯 보이지만 내적으로
는 전혀 그렇지 않은 점이 인상 깊었다.

　9. 일본 국민들이 '일본'이라는 공동운명체에 일치단결하는 무서
운 저력을 보았다. 이 무서운 힘이 청일, 러일전쟁을 승리로 이끌고
이웃나라 한국을 침략한 원동력이었음을 알았다.

한일 관계

　우리 한국 속담에 '이웃사촌'이라는 말이 있다. 이는 서로 이웃하
여 살면 정분의 가깝기가 사촌형제와 같다는 말이다. 한국과 일본은
지리적으로 가까운 나라다. 그래서 역사나 문화적으로 과거 · 현재 ·
미래에도 서로 뗄 수 없는 이웃 관계다. 하지만 대부분 한국 사람들
은 일본을 '이웃사촌'으로 여기지 않고, '가깝고도 먼 나라'라고 말한
다. 일본 사람 역시 한국을 그렇게 여길지도 모르겠다.

　현재 한국의 분단도 그 원인 제공은 일본이 했다. 태평양전쟁 패
전 후, 마땅히 그 전쟁을 도발한 일본이 분단됐어야 할 것을 전승국
인 미국과 러시아는 일본 대신 한국을 분할한 거다. 이런 면에서 마
땅히 일본은 한국 분단에 책임감을 느끼고, 그 극복에 앞장서야 할
것이다.

　또한 일본인의 친절은 '겉친절'이 아닌, 마음으로부터 우러나온
'진심 어린 친절'로 과거를 반성하고, 한국의 상처를 어루만지고, 그
치유에 최대한의 성의를 보여야 한다. 그래야만 한일 두 나라는 비로
소 글자 그대로 '이웃사촌'이 될 것이며, 미래에 동반자로서 세계 평
화에 이바지할 것이다. 한국과 일본은 지리적이나 역사적으로 어쩔

수 없이 좋은 관계를 맺지 않고는 살 수 없다. 앞으로는 '가깝고도 먼 나라'에서 '가까운 이웃사촌'의 나라로 발전했으면 좋겠다.

그런데 일본은 과거 반성에 너무 인색하다. 한국인들은 일왕이나 수상의 '통석(痛惜)의 염(念)'이나 '유감(遺憾)' 같은 말장난이 아닌, 지난날 일본의 한국 침략에 대한 진정성 있는 반성과 화끈한 사과를 바라고 있다. 1970년 서독의 빌리 브란트 총리가 폴란드의 나치 희생자 추모비에 무릎 꿇고 사죄한 것처럼. 한국 속담에 '말 한 마디로 천 냥 빚도 갚는다'라는 말이 있다. 일본인들이 지난날 침략에 대한 진정한 반성과 사과를 보이면 한국인들은 일본의 지난 잘못을 용서하고 매우 흔쾌하게 받아들일 것이다. 그래야만 한국인도 마음의 빗장을 열고 일본인과 어깨동무할 것이다. 한국인들은 그렇게 옹졸하지 않다.

개인적 소감

1. 이번 취재는 무척 행복한 여행이었다. 특히 제자와 함께하는 '사제 동행의 여행'으로 교단에 선 보람을 느꼈다.

2. 오이라세 계류에서 눈사태로 쓰러진 고목을 보고 내가 앞으로 살아야 할 삶의 자세를 배웠다. 고목은 최후 봉사로 뭇 생명들의 다리 역할을 하는데, 내 힘이 닿을지 모르지만 가능한 신구 세대의 갈등을 극복하고, 한일 간에도 선린 우호 증진에 이바지할 수 있는 작품을 쓰고 싶다.

나의 말이 끝나자 요란한 박수가 있었다. 즉석에서 내 말이 끝날

일본 도쿄 국립박물관 소장 고려청자(2012)

때마다 또박또박 통역하는 김 계장이 매우 야무지고 똑똑해 보였다. 선비의 나라 사제가 연출한 멋진 장면이었다. 아오모리 현 문화관광 과 주사 곤 씨는 우리의 사제 동행이 너무나 멋져 보인다고, 과연 한 국은 선비의 나라답다고, 여러 차례 감탄의 말을 했다. 그네들이 한 국을 높이 평가하고 부러워하는 것은 예로부터 한국이 선비의 나라 라는 점이다. 제자가 스승을 모시고 다니는 그 모습에 그들은 한국인 사제지간의 한 전형을 본 듯 무척 감동했나 보다.

환송 모임의 마지막 순서로 선물 교환이 있었다. 우리 측에서는 한국 전통 차와 김을 준비했고, 그네들은 세 개 현의 민속 공예품을 준비했다. 서로 그리 비싸지 않고 부담이 가지 않는, 마음을 표시한 선물이었다. 공식 행사가 끝나고 회식이 진행됐다. 일본 전통 요리를 맛보았다. 요리 하나하나가 작품으로 보기도 좋았고, 깨끔했으며, 맛 이 담백했다. 회식이 진행되는 동안 일본의 여종업원은 부엌으로 통 하는 문을 반쯤 열어놓고 무릎을 꿇고 대기하면서 손님들의 밥상에 뭔가 떨어지면 잽싸게 달려와서 채워주고 돌아갔다. 하녀가 상전을 모시는 그런 태도였다.

만찬 모임을 모두 끝내고 우리 일행은 큰 방에 모여 석별의 아쉬움을 나눴다. 30분쯤 머물다가 슬그머니 내 객실로 돌아왔다. 나이든 사람은 적당한 때에 눈치껏 자리를 비워줘야 젊은이들이 불편치 않으리라는 헤아림이었다.

1983년 3월 2일, 강당에서 입학식이 끝난 뒤 나는 반 학생들을 교실로 데리고 갔다. 담임교사의 첫 업무는 학생들의 자리 배정과 출석부 작성이다. 그때는 이름 가나다순이 아니고 신장 순서로 번호를 정했다. 남녀공학이었던 우리 학교에서는 특히 여학생들이 서로 1번을 하지 않으려고 꽁무니를 뺐다. 신장이 그만그만한 학생 가운데 눈이 유난히 크고 또랑또랑한 학생을 앞으로 끌어내자 불만의 빛이 역력했다.

"선생님은 눈빛이 빛나는 예쁜 학생을 1번으로 정한단다."

내 말 탓인지 그해 김자경 학생은 순순히 1번을 받아들였다. 그해 학생들과 보낸 1년은 호흡이 잘 맞았던 해로, 나는 조회, 종례 시간에는 가능한 잔소리보다 '오늘의 말씀'이라고 하여 좋은 글귀나 명언들을 들려주었다.

그로부터 꼭 20년이 지난 뒤, 그는 회사의 승낙을 얻어 나를 일본 기타도호쿠 국제관광테마지구 취재단에 작가로 추천해주고 자기가 길 안내에 나섰다. 나는 그와 함께 일본을 둘러보는 기간 내내 두 나라의 과거와 현재, 그리고 미래를 생각하면서 두 눈을 부릅뜨고 일본을 바로 보려고 애썼다. 일본을 기행하면서 어떻게 하면 우리가 일본보다 더 잘살 수 있을까, 더 나아가 우리의 국력이 일본의 벽을 넘어

●

세계로 뻗을 수 있을까도 골똘히 생각했다. 그리고 귀국한 다음 나는 『일본기행』이라는 한 권의 책도 펴낼 수 있었다.

일본 기타도호쿠 지방에서 본 아름다운 설경과 친절, 그리고 낯선 풍물과 음식을 맛본 7일간의 사제 동행 여행은 내 생애에서 가장 아름다운 추억으로 두고두고 남을 것이다.   (2003.2)

한 번만 더
그는 누구의 가슴에 안기고 싶어 했을까

그의 부음 뉴스를 보고 한참 먹먹했다. 잠시 후 마음을 추스른 뒤 그의 흔적을 두루 찾아봤다. 곧 세 장의 사진을 찾을 수 있었다.

첫 번째 사진은 1984학년도 학기 초 사진이었다. 그 학년도에 이대부고에 입학한 그는 1학년 1반 나의 담임 반 학생이었다. 그해 담임용 사진첩에 그의 앳된 모습이 귀엽게 그대로 남아 있었다. 그는 여학생 가운데 가장 키가 커서 끝번이었다.

두 번째 사진은 그해 5월 도봉산으로 등산 소풍을 가서 찍은 학급 단체사진이다. 그는 긴 머리에 흰 티셔츠 차림이었다. 대부분 학생들은 활짝 웃는데, 그는 약간 미소만 짓고 있었다.

세 번째 사진은 1987년 이대부고 졸업앨범 사진으로 그는 3학년 1반이었다. 나는 그때 학교에서 교무부장을 맡았기에 그의 담임은 아니었지만 다행히 졸업앨범은 남아 있었다. 그는 졸업사진을 찍는다고 한껏 멋을 부렸다. 머리 단장도 예쁘게 하고, 흰 티셔츠에 짙은 색깔 스웨터를 입고 있다.

그의 히트곡 〈한 번만 더〉를 다시 들어보았다. "헤이, 한 번만 나의 눈빛을 바라봐. 그대의 눈빛이 기억이 안 나. 이렇게 애원하잖아. 헤이, 조금만 내게 가까이 와봐. 그대의 숨결 들리지 않아. 마지막 한 번만 더 그대의 가슴에 안기고 싶어……."

그 무렵 이대부고는 한 학년이 4학급으로 서울 시내 일반계 고교로는 초미니 학교였다. 그래서 학생이 3년 동안 재학하노라면 교사도 전교 학생을, 학생도 전교 선생님을 잘 알게 되는 가족적인 분위기였다. 더욱이 그는 고1 때 내 반 학생으로, 여학생 가운데 키가 가장 큰 꺽다리인 데다가 유명인의 딸이라 아직도 그에 대한 기억은 어제처럼 뚜렷하다.

학생이 입학을 하면 담임교사들은 학생들의 이름도 빨리 외고, 가정환경도 알고자 개별 면담을 한다. 4월 초순쯤으로 기억하는데 그는 끝번이라 면담이 가장 늦었다. 그래서 나는 그를 면담하기 전에 이름을 이미 외우고 있었다. 그는 주소지가 마포구 망원동이었는데, 부모란에는 어머니 인적사항이 비어있었다.

그가 스스럼없이 "어머니는 아버지와 별거 중"이라고 먼저 얘기했다. 그리고 자기 어머니가 당시 인기가수 '박재란'이라는 것도 자기가 먼저 말해주었다. 하지만 나는 그에게 더 이상 가족 이야기는 묻지 않았다. 나는 인간관계에서 상대의 약점이나, 아픈 곳을 캐물으면 서로 친밀해질 수 없다는 것을 잘 알고 있었기 때문이다. 그해 1학년 1반 학생들과는 참 호흡도 잘 맞았고, 즐겁게 1년을 보냈다.

자, 여러분! 이제 닻을 내리겠습니다. 작년 3월에 출항한 우리 11호(1학년 1반) 여객선은 단 한 명의 낙오자 없이 무사히 항구에 도착했습니다. 그동안 어려운 일도 많았지만, 오늘 목적지에 무사히 기항(寄港)하게 됨을 선장으로서 대단히 기쁘게 생각합니다. 10여 년 담임을 하면서 내 반에서 한 번도 학생부에 처벌되지 않은 나의 기록은 여러분 덕분으로 아직 깨어지지 않았습니다. 학기 초 공정한 심판관이 되겠다는 나의 공약은 여러분들이 평점을 내리십시오. ……자, 끝났습니다. 모두들 돌아가세요.

60여 명의 남녀학생들은 꼼짝하지 않았다. 평소에는 '종례 끝!'이라는 말이 떨어지면 금세 뒷문으로 사라지던 녀석들도 꼼짝 않고 자리에 앉아 있었다. 내가 떠난 후 그들은 떠날 모양이었다. 나는 교단을 떠나 학생 자리로 가서 학생들의 손을 하나씩 잡았다. 몇 남학생은 벌떡 일어나 나에게 포옹하거나 안겼다.

— 박도, 『비어 있는 자리』 156~157쪽

박성신(朴性信), 그는 어머니의 재능을 이어받아 노래를 참 잘 불렀다. 학급대표 노래자랑 때면 꼭 나갔고, 학교 노래선교단(교내 합창반)에서도 맹활약했다. 그 무렵 그의 레퍼토리 중에는 이따금 어머니 히트곡도 있었다. 그가 부른 여러 곡 가운데 가장 인상에 남아 있는 노래는 그의 어머니 히트곡 〈밀짚모자 목장 아가씨〉다.

　　　시원한 밀짚모자 포플러 그늘에
　　　양떼를 몰고 가는 목장의 아가씨……

그는 졸업 후 서울예대로 진학했고, 1988년 강변가요제에서 〈비오는 오후〉라는 노래로 데뷔했다는 소식을 들었다. 내가 그를 마지막 본 것은 이대부고 개교 30주년 기념 음악제에서 그가 〈한 번만 더〉를 열창하던 모습이었다. 그는 올해 46세로 한참 더 일할 수 있는 나이인데도 하늘나라로 갔다. 그가 무대보다 가정을 더 굳게 지킨 것은 아마도 어머니에 대한 회한의 그리움 때문이었을 것이다. 자기 아이에게만은 같은 아픔을 남기지 않겠다는…….

> 헤이, 조금만 내게 가까이 와봐
> 그대의 숨결 들리지 않아
> 마지막 한 번만 더
> 그대의 가슴에 안기고 싶어

그는 누구의 가슴에 그토록 안기고 싶어 애절하게 노래를 불렀을까? 나는 그가 부른 '그대'는 그의 어머니였다고 단정하고 싶다.

(2014.8)

Perhaps Love

이즈음 정녕 봄은 왔는지 오늘은 창을 통한 햇살이 그지없이 따사롭다. 모처럼 거실에서 햇볕을 마냥 즐기면서 클래식을 듣고 있는데 초인종이 울렸다. 문을 열자 우체부로 택배 상자를 전했다. 한 졸업생이 보낸 선물이었다. 예쁜 포장지를 벗기자 이런저런 과자와 차, 그리고 조청이 나왔다. 과자는 내가 28년 동안 근무했던 이대부고(현 이대부중) 앞 이화당 제품이었다. 이화당은 나의 오랜 단골로 우리 가족들도 입에 익은 곳이다. 상자 속 예쁜 카드에 다음과 같은 글이 적혀 있었다.

박도 선생님께

몸은 좀 어떠신지요? 3월이라고 봄옷을 꺼내 입다가는 감기 들기 딱 좋은 요즘입니다. 겨울이 '나 아직 안 갔다고' 하고 볼멘소리를 하는 것 같네요. 선생님께서 오신다는 소식에 저희들은 얼마나 설레고 행복했던지요. 모두 마흔을 넘어, 몇몇은 쉰 살을 넘은 제자도 있지만, 학창 시절 선생님을 만나는 설렘으로 가득했답니다.

하루 빨리 쾌차하시어 꼭 뵈면 좋겠습니다.

이대부고 근처에 간 김에 이화당 빵과 Tea, 그리고 가마솥에서 달인 조청을 넣어봤습니다. Tea는 37회 졸업생 정하봉 군(선생님 1학년 담임 반)의 호텔에서 받은 거구요. 조청은 제 친정어머니 친구가 몇 주 전에 고은 것입니다. 치통 나으시면 쫄깃한 떡을 찍어 드시면 아마도 고향의 맛을 느낄 수 있을 겁니다. 아무쪼록 건강하시고, 조만간 또 좋은 소식 전하겠습니다.

2018.3.2. 33회 졸업생 김수진 드림

한 달 전쯤 한 졸업생한테서 메일을 받았다.

안녕하세요, 선생님. 저는 이대부고 33회 졸업생 김수진입니다. '누구지?' 하고 기억을 떠올리지 않으셔도 됩니다. "책만 보지 말고, 가끔은 아름다운 하늘도 보라"고 하셨던 선생님을 기억합니다. 오늘, 선생님께 메일을 보낸 이유는 제가 현재 이대부고 중창단 OB 모임인 '한올 OB밴드'를 운영하고 있는데요. 이 밴드에는 이대부고 1985년 졸업생부터 2000년 졸업생이 모여 있습니다. 선생님도 기억하시겠지만, 이대부고에 선교단 합창부 외에 중창단 '한올'이 있습니다. 이 모임은 이대부고 내에서 유일하게 10기수 차이가 나는 선후배들이 서로를 챙기며, 지내는 모임입니다. 선생님을 그리워하는 제자인 96년 졸업생 조홍제 군이 선생님 이야기를 종종 올려서 저희들 모두가 추억을 회상하고 있던 가운데, 엊그제 85년 졸업생 이자경 선배가 선생님의 기사를 출장 중 우연히 읽고 눈물이 났다는 글을 올렸습니다. ……어제 오늘 저희 게시판엔 선생님의 추억담이 가득합니다.

— 제자 김수진 드림

이후 몇 차례 메일이 오고 간 뒤 한올 OB 중창단 정기공연이 3월 3일 서울 신촌 창천교회 백주년기념관에서 열리는데 초대를 받았다. 내가 미션 학교인 이대부고에서 30년 가까이 근무하면서 가장 감명 깊었던 시간은 남녀 학생들의 혼성합창을 듣는 일이었다. 그들이 하느님에게 드리는 찬양은 더없이 맑고, 아름다우며, 성스러웠다. 1988년 이대 교수식당에서 열린 나의 첫 작품 출판기념회 때 찬조 출연한 한올 중창단의 〈Perhaps Love〉의 그 아름다운 선율은 지금도 내 마음 속 깊이 남아 있다.

이런저런 아름다운 추억으로 그들의 초대에 흔쾌히 승낙했다. 그런데 며칠 전 아침에 일어나자 치통이 몹시 심하고, 눈에는 눈곱이 끼는 게 몹시 가려웠다. 혹이나 당뇨망막증과 같은 큰 병이 아닐까 하여 놀라 안과에 갔다. 안과의사는 각종 검사를 마친 뒤 결막염이라고 하면서 바깥출입을 자제하는 게 좋다는 말을 했다.

거기서 멀지 않는 치과로 가자 의사는 어금니에 충치가 몹시 심하다고 30분 정도 치료를 해주면서 네댓 차례 통원 치료하라고 일렀다. "나이 앞에 장사가 없다"는 말처럼 이즈음 내 신체의 각 기능은 노란 불빛들이다. 하기는 일흔이 넘도록 큰 병 한 번 치르지 않고, 여태껏 잘 지내온 것만으로 부모님과 하늘에 감사할 일이 아닌가?

그날 밤 깊은 고민 끝에 초대해준 제자에게 사실대로 말한 뒤 불참을 통보했다. 아무튼 나는 애초 약속을 지키지 못해 몹시 미안한 차에 공연일인 오늘 제자로부터 추억의 선물까지 받았다. 지난 추억을 되새기면서 선물로 보낸 과자를 막 입에 넣으려는데 그들의 마음 씀씀이는 스승보다 낫다는 생각이 불쑥 들었다. 그 생각은 늙은 훈장의 눈물샘을 마구 자극했다.

강원도 횡성군 우천면 미술관 자작나무숲 뜰(2006)

봄볕이 한창 무르익고 건강을 회복하면 그들을 내가 사는 고장으로 초대하여 강원도 명품 막국수를 대접한 뒤, 미술관 자작나무숲으로 안내하고 싶다. 거기 다실에서 진한 커피를 마시면서 천사들의 목소리를 듣고 싶다. 가능하다면 〈Perhaps Love〉라는 곡을 들었으면 더욱 좋겠다. 오늘은 모처럼 볕도 좋은, 참으로 유쾌한 날이다.

Perhaps love is like the ocean

Full of conflict full of pain

Like a fire when it's cold outside

Or thunder when it rains

If I should live forever

And all my dreams come true

My memories of love will be of you.

아마 사랑은 갈등과 고통으로
가득 찬 바다와도 같은 것
비 오고 천둥 칠 때 불과도 같은 것
만약 내가 영원히 살 수 있고
내 모든 꿈이 진실로 된다면
사랑에 대한 내 기억은 오직 당신뿐.

(2018.3)

묵시록

사람들은 제 잘난 맛에 산다. 하지만 따지고 보면 그 인물 뒤에는 부모님, 선생님이 있다. 그래서 이번 마당에서는 오늘에 이르기까지 무지몽매한 나를 가르쳐준 여러 스승님의 모습을 그려보았다.

안동 임청각의 군자정(1999.7)

묵시록

나는 초등학교에서 중학교까지 고향인 구미에서 다녔다. 회고컨대 유소년 시절을 시골에서 지냈다는 것은 축복이었다. 늘그막까지 글줄을 쓰고 사는 것도 그 원천은 그 시절을 대자연과 더불어 산 덕분일 것이다.

나는 1952년 봄에 초등학교에 입학했는데, 그때도 의무교육이라고 했지만 학교에 다니지 못한 아이들도 더러 있었다. 특히 여자아이들은 남자아이보다 더 많았다. 구미초등학교가 한국전쟁 전란으로 거의 불타버려 1, 2학년 때는 초가로 된 임시 교사에서 맨바닥에 가마니를 깔고 책걸상도 없이 앉아 배웠다. 대부분 학동들은 바지저고리 차림에 책보를 들고 다녔다. 점심을 먹지 못하는 아이들이 많아 학교에서는 미군들이 나눠준 분유를 끓여 나눠주기도 하고, 교회에서는 구제품으로 입을 옷들을 나눠주기도 했다. 그래서 우리 악동들은 '기쁘다 구주 오셨네'라는 노랫말을 '기쁘다 구제품 나왔네'로 고쳐 부르기도 했다.

그 시절 서울이나 부산, 대구 등 대도시 학교에서는 초등학생들이

상급학교 진학 준비로 가장 열심히 공부한다고 했지만, 우리 촌동들에게 그런 입시 공부는 무풍지대였다. 우리 촌동들은 날마다 농사일을 돕거나 아니면 촌동들끼리 몰려다니면서 신나게 놀기만 했다.

서울은 먼 나라로 가본 아이들은 거의 없었고, 서울 말씨는 경외의 대상이었다. 그래서 서울을 다녀온 사람들이 늘어놓는 전차나 백화점 이야기를 하면 넋을 잃고 들었던, 그야말로 호랑이 담배 먹던 시절이었다. 그런 시절이다 보니 봄가을 소풍은 으레 구미 금오산으로 6년 동안, 아니 중학교까지 9년 동안 그곳으로만 갔다. 그런데 초등학교 6학년 봄에는 김천 직지사로 1박 2일 수학여행을 간 적이 있었다. 그 시절은 전세 버스도 없었거니와 그런 버스를 타고 갈 만큼 경제적인 형편도 도로 사정도 여의치 않았다. 그래서 우리들은 구미역에서 열차를 타고 갔는데 학교에서는 학생들의 집안 형편을 고려하여 열차비만 거뒀다. 절에서 1박 하는 숙식비는 쌀 한 되로 각자 지참케 했다.

우리 촌동들은 각자 보자기에 쌀 한 되를 지참하고 구미역에서 서울행 상행 열차를 탄 뒤 40분쯤 지난 뒤 직지사역에 내렸다. 거기서 2킬로미터 남짓 걸어서 직지사에 이르렀다. 숙소는 직지사 선방이었는데 가운데는 담임선생님 두 분이 가로 누우시고 양쪽으로 남녀 학생들이 잠을 잤다.

밤이 이슥하도록 아이들은 잠을 자지 않고 소곤거렸다. 그때 구미 장터 포목상 아들 이 아무개 녀석은 돈 5백 환(현 1만 원 정도)을 도둑맞았다고 담임선생님에게 일렀다. 그러자 담임선생님은 남학생을 모두 잠자리에서 일어나게 하여 앉힌 뒤 눈을 감긴 다음 돈을 주운 학생은 손을 들라고 말했다. 아무도 손을 들지 않자 현재 자기 호주머니에 5백 환 이상 가지고 있는 학생은 모두 손을 들라고 했다. 그러면서 선생님이 곧 소지품을 검사할 거라고 했다. 세 학생인가 손을 들었다. 그러자 담임선생님은 세 학생을 다른 방으로 데리고 간 뒤 가지고 있는 돈의 출처를 물었다. 그때 나도 세 학생 가운데 한 명이었다.

"박도! 너 그 돈 누가 준 거야?"

"할매가 줬습니다."

"알았다."

담임선생님은 다음 한 학생한테도 똑같은 질문을 했다.

"우리 어무이가 찻간에서 뭐 사 먹으라고 줍디다."

"알았다."

담임선생님은 마지막 학생한테도 똑같은 질문을 했다. 그 친구는 제대로 대답을 못 한 채 손등으로 눈물을 훔쳤다. 그러자 담임선생은 채근을 갑자기 중단하고 세 학생을 큰방으로 보낸 뒤 전체 학생들에게 모두 입 다물고 자라고 명했다.

직지사 수학여행에서 돌아온 다음 날 조회시간에 담임선생님은 5백 환을 이 아무개에게 돌려주었다. 그러면서 한 말씀을 했다.

"어제 아침 직지사 행자스님이 방을 청소하다가 돈 5백 환을 주웠다고 나에게 주더구나. 이 아무개가 잃어버린 돈 같아 받아왔다."

담임선생님은 더 이상 아무 말씀이 없었다. 그분 존함은 곽태조 선생님이시다.

(2016.7)

전갱이 선생님

내가 구미초등학교를 졸업할 때 대구 시내로 진학한 두세 학생만 제외하고 모두 구미중학교로 진학했다. 그 무렵은 몹시 어려운 때로 초등학교 졸업생 가운데 20% 안팎은 중학교 진학조차 포기했다. 여자아이인 경우는 그 비율이 훨씬 더 높았다. 우리 동기생들은 해방둥이로 그전이나 그 이후보다 또래 아이들이 적었다. 그런 탓으로 구미중학교는 명목상 입학시험은 있었지만 전원 합격이었다. 그러다 보니 입시 공부를 한다고 초등학교 재학 중에 요란을 떤 적은 없었다. 모내기철이나 벼 추수할 때는 '부지깽이도 뛴다'고 할 정도로 바쁜 농촌 지역의 학교다 보니 이런 농번기에는 '가정실습'이다 하여 학교에서는 네댓새씩 휴업을 했다.

그런 농촌 학교였기에 전체적으로 상급학교 진학을 위한 면학 분위기는 아니었다. 일부 집안 형편이 나은 몇 학생은 예외였지만, 중학교만 다닌 학생이나 구미농업고등학교를 진학한 학생은 공부와는 거의 담을 쌓다시피 지냈다. 당시 구미농고는 학급 정원이 60명이었지만 1개 학년 재학생은 20명 정도로 늘 정원이 부족했기 때문에 중학교 졸업장만 가지고 있으면 언제든 입학할 수가 있었다.

그런 데다가 당시 구미중학교는 사립학교인지라 과목 상치 교사가 많았다. 중1 때는 생물선생한테 영어를 배웠고, 윤리 담당의 교감 선생님한테 수학을 배우는 등, 교과 담당 교사가 느슨하기 짝이 없었다. 그런 어려운 가운데도 국어 김영호 선생님, 수학 성정경 선생님, 역사 곽도규 선생님 등은 대단한 실력파로 교과 지도를 참 잘해주셨다. 특히 2, 3학년 때 만난 성정경 수학 선생님의 지도 방법은 매우 뛰어났다. 성 선생님의 별명은 '전갱이'였는데, 그것은 선생님의 함자에서 유래했다. 선생님 자신도 그 별명을 스스럼없이 쓰셨다.

선생님은 반의 학생 가운데 한 학생을 희화화(戲畵化)시켜 전체 학생들에게 수학의 기초를 아주 쉽게 이해하도록 지도했다. 우리 학급에서는 고재정이라는 친구가 그 대상으로, 그 형은 우리보다 7년 선배인 고재호였다. 성 선생님은 그를 우작 '고재호'로 불렀다. 그 '고재호' 선배는 코미디언 기질이 짙은 분으로 당시 구미 사회에서 널리 알려진 인물이었다.

"어이 고재호!"

"네, 선생님!"

"어제 구미 장에 전갱이 한 마리 얼마 하든?"

성 선생님의 질문에 고재정 친구는 늑살 좋게 대답했다.

"100환 가든데요."

"그래? 좋다. 고재호가 어제 장날 생선가게에서 전갱이 세 마리를 300환에 사고 ……"

성 선생님은 인수분해를, 방정식을, 삼각함수의 기본 원리를 아주 재미있고 명쾌하게 가르쳐주셨다. 내가 서울 고교 입시에서 전기에는 낙방했지만 그나마 후기에서 합격할 수 있었던 것은 성정경 선생님이 가르쳐주신 수학 실력 때문이었다. 그리고 고교 시절에도 대입시에서도, 그리고 대학 시절 중고교생 가정교사를 할 수 있었던 그 원동력은 성 선생님이었다.

구미중학교 재학 시절 이따금 장터에서 성 선생님을 뵈면 얼굴은 늘 불그레했다. 아마도 장터 주막에서 졸업생들이나 학부모에게 붙들려 막걸리 한두 잔을 들이켜신 모양이었다. 어느 교육학자의 말이다. "유능한 선생님은 어려운 걸 쉽게 가르치고, 무능한 선생님은 쉬운 걸 어렵게 가르친다."

이따금 성 선생님이 떠오르면 그 말도 되새겨진다. (2016.7)

하늘로 띄우는 편지

박철규 선생님! 그제 소천하셨다는 소식을 듣고, 새삼 '세월은 사람을 기다리지 않는다'는 말을 되새겼습니다. 그러면서 저는 선생님이 세상 떠나시기 전에 한 말씀이라도 더 듣지 못함이 못내 애석했습니다. 이제 누가 저에게 "박 군 족적(足跡)을 남겨라", "노작(勞作)을 바라네", "명작을 기원하네" 이런 격려와 채찍의 말을 들려주겠습니까?

제가 선생님을 처음 뵌 지가 40년이 훨씬 지났습니다. 1961년 3월 초순, 후기 고교인 중동고등학교 입학시험 날 첫 시간에 저는 정신없이 국어 시험 답안지를 다 메우고 다시 검토해도 시간이 남아 그제야 감독 교사를 바라보았습니다. 짙은 남색 양복에 포마드로 곱슬머리를 단정하게 넘기신 감독 교사가 어찌나 멋이 있었던지, 저는 그때 이렇게 생각하였습니다. '내가 만일 이 학교에 다니게 된다면 저 선생님의 사랑을 받고 싶다'고.

저는 다행히 입학시험에는 합격하였지만 등록금을 제날짜까지 내지 못해 입학식에도 참석지 못하였습니다. 일주일이 지난 뒤에야 간신히 등록금을 납부하고 그제야 입학했습니다. 하지만 두 달 뒤 집안 사정으로 휴학하고 이듬해 3월에 복교했습니다. 그날 첫 시간이 국어 시간이었는데 바로 선생님이 들어오셨습니다.

그때 고1 국어 교과서 제1단원 제1장은 이하윤 교수의 '메모광'이라는 수필이었는데, 선생님은 그 글을 학생들에게 읽힌 뒤 출석부를 보시며 학생들을 지명하며 독후감을 발표시켰습니다. 제가 첫 번째로 발표를 하자 심한 경상도 사투리로 교실이 웃음바다가 되었습니다. 제 뒤를 이어 대여섯 명의 학생이 더 발표하였는데, 선생님은 제가 발표한 독후감이 가장 빼어났다고 다시 발표케 하시면서 제 이름을 가장 먼저 기억해주셨습니다. 그날의 그 감격스러운 순간을 지금도 생생하게 기억하고 있습니다. 그날 이후 선생님은 수업 시간에 제 이름을 자주 불러주시고 가난한 고학생에게 용기를 주셨습니다. 1학년 가을, 백일장에서 제가 쓴 시가 차석으로 입선하자 선생님은 곧 저를 학생기자로 발탁하여 학교신문과 교지편집 일을 맡기셨습니다. 2학년 때 제가 쓴 소설 「국화꽃 필 때면」이 교내 문예 현상모집에 당선되자 선생님은 더욱 저를 사랑해주셨습니다. 선생님은 학교 안팎에서 저를 만날 때마다 "박 군은 '국문과'로 진학하라"고 권유하여 저는 상대나 법대로 진학하라는 아버지의 말씀을 듣지 않고 선생님의 말씀을 따랐습니다.

제가 군에서 제대를 앞두고 모교의 교단에 설 수 있을까 하여 선생님을 찾아뵙자 학기 도중이라 빈자리가 없다고 우선 시골 학교라도 가서 경력을 쌓으라 하시면서 사학회관을 가르쳐주셨습니다. 저는 그 길로 계동 들머리에 있었던 사학회관을 찾아갔더니 원아무개

사무총장은 군복을 입은 저를 보고 매우 놀라며 제대 후 곧장 경기도 여주의 한 중학교(현 여주제일중학교) 교단에 서게 도와주셨습니다. 그 학교에서 한 학기를 보내고, 서울 오산중학교로 옮긴 뒤 다시 선생님을 찾아뵙자 그새 교장이 되셔서 저를 모교로 불러주셨습니다. 하지만 제가 부임하던 날 선생님은 학교를 떠나시게 되어 제 마음이 무척 아팠습니다.

저는 모교로 간 지 1년 만에 다시 오산중학교로, 6개월 만에 다시 이대부중고로 옮기는 등 방황의 연속이었습니다. 그런 교단 생활 중 등단하고자 계속 작품을 썼지만 번번이 낙방의 연속이라 선생님을 뵐 낯이 없어 연락을 끊고 지냈습니다. 그런데도 선생님은 배은망덕한 제자를 애써 찾아 학창 시절처럼 격려와 함께 "용기 잃지 말라"는 채찍의 말씀을 돌아가시기 직전까지 들려주셨습니다. 전화로, 때로는 두루마리 한지에 붓으로 쓴 긴 사연의 편지로, 둔재인 제자를 담금질하셨습니다.

제가 조기 퇴직을 하고 강원도 산골로 내려가자 대부분 언저리 사람들은 저의 처사를 나무랐는데도 유독 선생님은 "귀군의 단안과 자연 속에서 창작에만 몰두하는 태도는 그야말로 생의 극치일세"라고 격려해주셨습니다.

제가 강원도로 내려온 뒤 어느 날 허리가 몹시 아파 면사무소 앞 안흥병원에서 물리치료를 받으며 침상에 누워 있는데 용케도 그때 선생님은 전화를 주셨습니다. 그 무렵 저는 심한 좌절감에 빠져 있었는데 "나는 자네의 재능을 믿네"라는 선생님의 말씀으로 다시 용기를 얻을 수 있었습니다. 저는 선생님의 끊임없는 격려와 채찍으로 이제까지 22권의 작품집을 냈고, 이제 열흘 후면 23번째 작품집 『로테

르담에서 온 엽서』가 나올 예정입니다. 저는 이 책이 나오면 가장 먼저 선생님에게 보여드리고, 선생님에게 칭찬과 평도 듣고 싶었는데 이제 누구에게 그 책을 보내야 하겠습니까?

지난해 가을, 『월간중앙』의 한 기자가 '백수(白壽, 99세)의 스승과 이순(耳順)의 제자' 사이 아직도 가르치고 배우는 걸 아름답게 눈여겨 보고 선생님이 사시는 여수로 함께 찾아뵈었지요. 그때 선생님은 저를 여수 바닷가로 안내하시고는 어린 시절의 이야기를 시로 들려주셨습니다.

> 소년의 설날은
> 어느 동화 속의 왕자 그대로이다.
> 연분홍 두루마기에 검정 돌띠를 둘렀다.
>
> 강풍에 연이 줄을 끊고
> 멀리멀리 바다 위로 날아갈 때
> 소년은 눈물 콧물 훌쩍이며 돌아왔다.
> ……
>
> ─「슬픈 추억」

선생님은 당신의 자작시를 읊조리며 바닷가에서 춤을 추시고, 제자는 추임새로 흥을 돋우는 장면은 마치 영화 〈서편제〉의 한 대목처럼 얼마나 정겨운 장면이었습니까? 60이 넘도록 스승의 가르침을 받는 저처럼 행복한 제자가 이 세상에 몇이나 되겠습니까? 그날 헤어질 때 선생님은 아흔일곱 해를 살다 보니 주위의 벗들이 모두 하늘로 가서 말벗이 없기에 무척 외롭다고 하셨습니다.

유월의 훈풍을 타고
오늘도 뒤 숲에서 산비둘기가 울어댄다.
쿠쿠루 쿠쿠 쿠쿠루 쿠쿠
사람 그림자 하나 찾아오지 않는
이 극한 속에
산비둘기의 소리에는 피가 맺혔다.

하고 많은 낮과 밤을 새우면서
그렇게 그립고 아쉬운 한을 삭이지 못해
오늘도 하루 종일 쿠쿠루 쿠쿠인가.
……

—「산비둘기 울던 날」

　그토록 고독에 젖은 선생님께 자주 문안 인사도 드리지 못했음을 선생님이 가신 뒤에야 깊이 뉘우치며 사죄드립니다. 백수를 사시면서도 그렇게 정신적으로, 육체적으로 건강하게 지내신 것은 매우 드문 하늘의 복입니다. 하지만 선생님은 오래 사는 것을 미안해하시며, 당신 며느님은 하늘이 내린 효부라고 칭찬을 아끼시지 않았습니다.

　박철규 선생님! 이제 하늘나라에 가셨으니 이미 먼저 가신 친구도 모두 만나실 테지요. 그분들과 근심걱정이 없는 하늘에서 편히 사십시오.

　선생님! 이제는 이 세상에서 헤어져야 할 시간입니다. 오늘을 대비하여 선생님이 꼭 10년 전에 쓰신 「고별」이라는 시를 읽어드리면서 선생님과 이 세상에서 영결합니다.

"까마귀 죽을 때 그 소리 슬프고
사람이 죽을 때 그 말이 선하다" 했던가.

나 이제
참회하는 마음으로 여러분들에게 고별 인사를 해야겠습니다.

가을이 왔습니다.
멀지 않아 찬바람과 함께 눈이 내릴 것입니다.
마음이 자꾸만 바빠집니다.
필연코 떠나게 될 것입니다.

친구여
내 사랑하는 제자들이여

내가 길을 잃고 어두운 광야에서 방황할 때 끌어주던 친구여
내가 슬픔에 목메어 울 때 같이 울어준 친구여
내가 먼 여로에 지쳐 길가에 쓰러졌을 때 물을 먹여준 친구여
고독에 잠겨 죽음을 생각할 때 위로해준 친구여

내게 첫사랑을 준 그이여
나를 멸시하던 친구여
나를 모략하고 음해하던 친구여
나를 잘 따라주던 사랑하던 제자들이여

이제는 모두가 내 친구들입니다.
애증의 잔재는 추호도 없습니다.

명경지수와 같은 심경으로
고별인사를 드립니다.

내게는 시간이 없습니다.
마음이 바빠집니다.
겨울이 다가오고 있습니다.

선생님 부디 하늘나라에서 영생하옵소서.

선생님 육신이 세상을 떠나는 날, 제자 박도 올림

(2007.8)

* 이 글은 2007년 8월 4일 아침 순천시 성가롤로병원 영안실에서 있었던 고 박철규
  선생 추도식에서 낭독한 조사다.

단벌 신사

나의 고1 때 담임선생님은 매우 검소한 분이었다. 언제나 도시락을 지참하였고, 1년 내내 같은 양복만 입고 다녔다.

"나는 단벌 신사야. 세탁은 자주 하니 염려 말아."

눈이 몹시 나쁜 탓으로 도수 높은 안경을 썼고 자그마한 체구에 턱이 약간 토라진, 깐깐한 수학 선생님이었다. 무척이나 엄하면서도 유머 감각이 뛰어나 수업 시간이나 조회, 종례 시간에 이따금 학생들은 폭소를 자아냈다. 일주일에 한 번씩 쪽지 시험을 봤는데, 선생님은 열 문제를 출제하고는 그 오답 수에 따라 종아리를 때렸다. 그래서 수업 시간이면 학생들은 매를 맞지 않으려고 잔뜩 긴장했고, 대부분 학생들이 종아리가 성할 날이 없었다. 선생님은 당신 학창 시절 공부한 얘기를 틈틈이 들려주시면서 무섭게 면학을 채찍질했다.

"나는 학교 다닐 때 자전거를 타고 다니면서 영어 단어를 외다가 전신주에 여러 번 부딪혔어."

그 무렵 나는 초점 잃은, 의기소침한 시골뜨기 학생이었다. 그리고 5·16쿠데타가 일어나자 집안에 한 차례 회오리바람이 일었다.

그 일로 가족들은 그만 서리를 맞은 호박잎이 되고 말았다. 그러자 나는 선생님의 속을 무던히도 썩였다. 등록금이 밀리고, 도시락도 싸 갈 형편이 아니었다. 교모도 신발도 다른 애들보다 남루했다.

나는 도저히 학교를 다닐 수 없어 휴학을 한 뒤 생활전선으로 뛰어들었다. 이듬해 봄, 복학하려고 학교를 찾았다. 지난해 담임선생님이 무척 반갑게 맞아주셨다.

"휴학계를 보낸 그날, 내가 박 군 집을 찾아 나섰지만 끝내 못 찾고 돌아왔지."

선생님은 내가 미처 몰랐던 얘기를 들려주셨다.

"그래, 그동안 어떻게 지냈어?"

선생님은 그동안의 내 사정을 경청해주셨다. 그 무렵 나는 서울에 혼자 남아 자취를 하면서 신문 배달로 생계를 꾸려가고 있었다.

"어때, 내 집에서 함께 지낼까? 숙식은 무료로 제공할 테니 신문 배달 수입으로 학비를 하고."

나는 뜻밖의 선생님 제의에 너무나 놀라 눈물이 핑 돌았다. 지난해 등록금 독촉으로 야속하게 생각하고 매사에 무섭기만 했던 선생님의 얼굴이 그렇게 다정다감할 수 없었다.

"저 혼자 충분히 꾸려갈 수 있습니다."

"오늘 당장 결정 못 하겠거든 내일 우리 집에 와서 결정해."

"네, 감사합니다. 선생님, 올해는 몇 학년을 맡으셨습니까?"

"올해에도 일 학년이야."

"그럼 저를 다시 선생님 반으로……."

"그렇게 하지."

나는 이튿날 선생님이 그려주신 약도와 계란 한 꾸러미를 들고 홍

은동 문화촌 선생님 댁을 찾았다.

"학교 다닐 때는 남의 신세를 질 수도 있는 거야."

선생님은 당신 집에서 같이 지내자고 말씀했지만, 나는 고마운 제의를 끝내 사양했다.

나는 또다시 선생님을 불편하게 해드렸다. 주로 등록금 때문이었다. 선생님은 다른 학생보다 나에게는 무척 관대했다. 소풍 때도, 수업이 늦게 끝난 날 청소 때도 선생님의 배려로 신문 배달에 지장이 없었다.

내가 모교 교사로 부임하자 선생님은 이미 퇴직하였다. 그 무렵에는 선생님의 고마움을 미처 절실히 못 깨달은 탓으로 나는 애써 선생님을 애써 찾지 않았다. 그 뒤 나의 교단 경력이 더해갈수록, 선생님이야말로 참으로 훌륭한 분이었다는 것을 뼈저리게 느꼈고, 그때마다 나의 배은망덕이 부끄럽기만 했다. 나도 교단에 선 이래 담임을 여러 번 했고, 때때로 가정 사정으로 중도에서 학업을 포기하는 학생이 있었지만, 나는 지난날 선생님처럼 선뜻 그런 온정을 베풀지 못했다. 나는 때때로 고1 때 담임 이종우 선생님이 생각날 때마다 몹시 부끄러움을 느낀다. 사도를 제대로 걷지 못했다는. (1986.5)

캐나다의 하늘 아래

홍준수 선생님을 뵙지 못한 지 30여 년이나 된다. 까까머리 제자가 벌써 반백의 중년이 되었으니, 선생님은 그새 백발의 할아버지가 되었을 것이다. 내가 모교로 부임했더니 그새 선생님은 퇴직하신 뒤 캐나다로 이민 가셨다고 했다.

나는 홍 선생님으로부터 2년간 사회 과목을 배웠고, 또 교지 및 신문 편집기자로 곁에서 많은 가르침을 받았다. 홍 선생님은 사회교과 중 가장 그 어려운 경제 편을 아주 쉽게 가르쳐주셨다. 먼저 숲을 보게 한 뒤 나무를 보게 하는 방식으로, 방대한 경제 발달사를 단 한 시간에 요약해주셨다. 그리고 수업 시간 중 틈틈이 들려주신 말씀들은 사회에 막 눈을 뜨려는 고교생의 지적 호기심을 풀어주는 샘물이었다. 오로지 '반공'만이 국시(國是)였던 무서웠던 군사독재 그 시절에 선생님은 매우 용감하게 자본주의, 사회주의, 공산주의의 배경이나 발달사와 장단점을 양심에 따라 아주 자세하게 가르쳐주셨다.

당시는 막 한일 국교가 정상화돼 재일동포 기업인들이 국내에 한창 진출할 때였다. 선생님은 재일동포 기업이 모국을 위한다는 사업을 한다더니 고작 껌이나 아이스크림 따위 소비재만 만들어 코흘리개 돈이나 벌어들인다고 그들의 기업 정신을 비판했다. 홍 선생님이 나에게 큰 충격을 준 일은 2학년 중간고사가 끝나고 전교생이 단체로 영화 관람을 한 다음 날의 수업시간이었다. 그 영화 제목은 〈싸우는 젊은이들〉로 한국전쟁을 배경으로 한 미국 영화였다. 마지막 장면은 미국 흑인 병사가 눈이 쌓인 고지에서 몰려오는 인민군들을 기관총으로 신나게 쏘아 죄다 쓰러뜨렸다. 우리들은 그 장면에 기립박수를 치면서 영화관을 나왔다. 그 이튿날 수업시간이었다.

"얘들아, 너희들은 마지막 장면에 기립박수를 쳤는데, 총을 쏜 병사는 어느 나라 사람이고 피를 흘리면서 쓰러진 사람은 어느 나라 사람이냐?"

선생님은 학교 교지와 신문 발간 지도교사였다. 나는 학생기자로 선생님의 곁에서 배웠다. 선생님의 빼어난 편집으로 그 무렵 우리 학교 교지와 신문은 해마다 전국 중고교 교지·신문 콘테스트에서 최우수상을 휩쓸었다. 글의 제목을 뽑는 일, 글을 늘리고 줄이는 일 등 여러 학생 기자의 머리를 합쳐도 도저히 선생님의 기발한 아이디어에는 미칠 수가 없었다. 내가 교사가 된 뒤 여러 해 교지편집 지도교사를 해온 것도, 늘그막에도 시민기자로 활동하는 것도, 모두 선생님에게 배운 덕분이었다. 그 무렵만 해도 각 학교의 교지나 신문의 편집 수준은 보잘것없었는데 선생님은 삽화를 많이 넣고 사식을 많이 써서 시원한 교지, 읽히는 교지, 학생 글 중심의 교지를 만들었다.

대학 진학을 앞둔 어느 수업 시간

"요즘 문과 학생들 중, 우수한 자는 죄다 상대, 법대만 진학하려한다. 상대에 가서 잘 되면 은행원인데, 은행이란 돈놀이하는 곳이다. 법대에 가서 잘 되면 판검사지. 좀 심하게 말하면 판검사란 범법자들의 죄나 추궁하는 직업이야. 우수자들이 순수 학문도 하고 교육계에 더 많이 가야 돼. 그래야 우리나라도 학문적으로 선진국이 될 수 있고, 다음 세대를 위한 교육계도 더 발전하는 거야.”

선생님의 말씀은 우리들의 장래 문제를 다시금 생각하게 했다. 작달막하고 야윈 체구에 날카로운 눈빛, 안경을 쓴 다부진 선생님. 수업 시간마다 우리들의 사고를 무한대로 넓혀주셨다. 그새 숱한 세월이 흘렀지만 지금도 선생님의 모습을 떠올리면 활짝 웃으시던 모습이 선하다. 선생님을 다시 뵐 그날을 기다려본다.   (1989.8)

* 홍준수 선생님은 1974년 캐나다로 이민 가신 뒤 캐나다 한국일보, 중앙일보 논설위원 겸 칼럼니스트로 활약하시다가 1999년 그곳에서 운명하셨다고 아드님이 전했다. 홍 선생님 저서로『캐나다의 하늘 아래(Under The Canadian Sky)』가 있다.

고고한 선비

청록파 시인 지훈(芝薰) 조동탁(趙東卓) 선생은 48세에 운명하셨다. 하지만 짧은 생애임에도 주옥같은 글과 함께 제자들의 마음속에 참 선비상을 남겼다. 나는 고교 때 조지훈의 「승무」를 배우면서 경이로움에 빠졌다. 우리말이 이렇게 아름다울 수 있으랴. 시선의 경지가 아니고서야 어찌 이런 시를 토해낼 수 있을까?

내가 지훈 선생을 처음 뵌 것은 고2 가을이었다. 그 무렵 학교 문예반에서 문학 특강을 열었는데 시인으로 조지훈, 소설가 오영수 두 분 선생을 모셨다. 그때 지훈 선생은 「승무」 시작 과정을 말씀해주셨다. 선생은 이 한 편을 쓰기 위해 2년 남짓 시유(詩瘐, 시를 창작하는 과정에서 앓는 병)를 앓으면서 최승희 춤과 김은호 화백의 〈승무도〉를 감상하고, 수원 용주사로 달려가 달밤에 승무를 보고도 완성치 못하다가 마침내 구황실 아악부의 〈영산회상〉 가락을 들은 뒤에야 탈고했다고 말씀했다. 그때 선생의 훤칠한 용모와 시원한 음성, 진지한 모습은 굵은 테 안경과 함께 또렷이 남아 있다. 소설가 오영수 선생은 대표작 「갯마을」 창작 뒷이야기로 사투리와 토속어가 작품의 감칠맛을 북돋워 준다는 말씀을 했다.

대학 입학 후에는 지훈 선생을 자주 뵐 수 있었다. 구자균 선생 묘소 참배 겸 신입생 환영회 때, 지훈 선생은 먼저 막걸리 한 바가지를 들이켠 다음 신입생 모두에게 돌렸다. 나는 그 막걸리를 호기 있게 마시고, 눈을 떠보니 서울로 돌아오는 버스 안이었다. 그 때문에 선생의 멋들어진 농무(農舞) 춤사위를 끝내 보지 못했다. 선생이 일찍 돌아가신 까닭 중에 하나는 제자들과 자주 밤을 새다시피 술을 마신 탓이라고 할 만큼 술과 제자를 좋아하였다. 나는 대학 1학년 때 선생에게 교양 국어와 작문을 배웠다. 강의 시간 중 때때로 당신 시집『역사 앞에서』『풀잎 단장』 등을 펼치시고는 낭독하시기도 했다. 그중「다부원에서」라는 시에서 받은 영감으로 나는 다부동전투를 배경으로 후일『약속』이란 장편소설을 쓸 수 있었다.

선생의 강의는 동서고금의 이야기가 산만하면서도 조리가 있고, 우스갯소리임에도 해학과 지혜로움이 담겨 있었다. 음담패설도 자주 등장했다.

"내 호가 처음에는 지타(芝陀)였지. 마침 여학교(경기여고) 훈장으로 갔는데, 내 호를 말했더니 학생들이 얼굴을 붉히더군. 걔들에게 다른 무엇을 연상케 했나 봐. 그래 할 수 없이 지훈으로 고쳤지."

나는 선생의 시 가운데 돌아가실 무렵의「병에게」를 가장 좋아한다. 그 시에서는 병을 향한 속삭임 속에서 당신의 달관한 음성을 들을 수 있기 때문이다. 나는 또 선생의 산문 가운데「지조론」을 좋아한다.

지조(志操)란 순일(純一)한 정신을 지키기 위한 불타는 신념이요 눈물겨운 정성이며, 냉철한 확신이요 고귀한 투쟁이기까지 하다. 지조가 교양인의 위의(威儀)를 위하여 얼마나 값지고 그것이 국민의 교화에 미치는 힘이 얼마나 크며 따라서 지조를 지키기 위한 괴로움이 얼마나 가혹한가를 헤아리는 사람들은 한 나라의 지도자를 평가하는 기준으로서 먼저 그 지조의 강도를 살피려 한다. 지조가 없는 지도자는 믿을 수가 없고, 믿을 수 없는 지도자는 따를 수가 없기 때문이다.

변절을 밥 먹듯 하는 해바라기 지식인이나 정치인들에게는 촌철살인의 글로써, 흐려져가는 이 시대의 양심을 깨우침과 아울러, 모름지기 이 나라의 지도자들에게는 길잡이와 같은 글이기 때문이다.

선생은 한때 '정치교수'로 몰려 대학을 떠났다. 선생이 없는 고대 국문과는 어금니가 빠진 듯했다. 선생이 다시 대학에 돌아왔을 때는 심한 기관지염을 앓았다. 그래서 2학년 2학기 선생의 문학개론은 한 학기 내내 두 시간밖에 듣지 못했다.

이듬해 봄, 선생은 이승을 떠났다. 그날은 촉촉이 비가 내렸다. 교정에 마련된 영결식장에는 청록파 목월 선생의 조시(弔詩)가 낭랑히 흘렀다. 나는 경기도 마석 송라산 멧부리에서 선생의 하관을 지켜보았다.

조지훈 선생은 지인달사(至人達士)다. 지금도 나는 『조지훈 전집』을 서가 맨 앞에다 꽂아두고 이따금 선생의 음성을 듣는다.   (1981.2)

너희들의 시대가 올 것이다

"오래 살면 시어머니가 개숫물에 빠져 죽는 날도 본다"는 아주 고약한 속담이 있다. 아무튼 내가 오래 산 탓일까? 이즈음 참 별난 보도를 접하고 있다.

"취업 안 된다고 국문과 잇단 폐지, 세종대왕이 하늘에서 경을 칠노릇", "지성의 강단 '국문학과' 잇단 폐지 우려", "국문과 폐지 '대학의 경쟁력 강화'를 위해". 이런 제목의 보도기사가 내 마음을 아프게 하고 있다. 곧 마음을 추스른 뒤 기사 내용을 차분히 읽어보았다. 배재대학교에서 국어국문학과와 외국어로서의 한국어과를 '한국어문학과'로 통폐합했다는 기사였다. 한글 연구의 개척자 주시경과 민족 시인 김소월을 배출했다고 자랑해온 대학에서, 단과대 이름까지 '주시경대학', '김소월대학'이라고 붙여 쓰고 있던 대학에서 국어국문학과가 사라지는 것이다.

우리말이 홀대받은 것은 어제오늘 일이 아니다. 1965년 내가 대학에 진학할 때도 마찬가지였다. 그때 아버지는 당신 친구의 말을 빌려 '국문학과'는 '춥고 배고픈 학과'라고 믿어들인 나에게 상대나 법대

진학을 권했다. 하지만 아들은 아버지의 말씀을 듣지 않고 전기 후기 모두 초지일관 국문학과만 지원하여 끝내 후기 고려대 국문학과로 진학했다. 입학식 다음날 새 교복을 입고 강의실로 가자 당시 국문과 학과장이셨던 정한숙(소설가) 교수는 아주 섭섭한 말씀을 하셨다.

"여학생들의 국문학과 입학은 이해가 가는데 남학생들이 '굶을 과'인 국문학과에 진학하는 건 환영할 수 없다"고 힐난을 하여, 잔뜩 부푼 신입생들의 마음을 여지없이 구겨버렸다. 하지만 정 교수는 곧 다음의 말씀을 하셨다.

"우리나라가 중국의 지배를 받을 때는 중국말 잘하는 사람이, 일본의 지배를 받을 때는 일어 잘하는 사람이, 미군정 때는 영어 잘하는 사람이 행세했지만, 이제 곧 너희들의 시대가 올 것이다."

그 말씀에 우리 신입생 35명은 박수를 쳤다. 나는 그동안 살아오면서 정 교수님의 말씀을 늘 되새기면서 단 한 번도 내가 전공을 잘못 선택했다고 후회해본 적은 없었다.

정한숙 교수는 '창작론' 시간에 "한국인은 지난 6 · 25 전쟁으로 엄청난 고난을 겪었지만, 한국 작가에게는 큰 축복이다"고, "너희들 가운데 6 · 25 전쟁을 배경으로 대작을 쓰라"고 여러 번 당부했다. 나는 스승의 마지막 길을 운구(運柩)하면서 관 속의 고인에게 약속했다.

"선생님, 언젠가 제가 쓰겠습니다."

내가 미국 국립문서기록관리청 사진자료실에서 어린 인민군 포로 사진을 찾아볼 때, 정 교수님의 "너희들 가운데 한국전쟁을 배경으로 대작을 쓰라"는 말씀이 메아리처럼 들려왔다. 게다가 조지훈 선생의 시 「다부원에서」이란 작품도 귓전에서 맴돌았다. 귀국 후 두 선생님의 훈김에 영향을 받아 한국전쟁을 배경으로 한 장편소설 『약속』을 집필하여 3년 만에 탈고할 수 있었다.

정 교수님은 말년에 문예진흥원장으로 취임하셨다. 어느 하루 대학로에 있는 문예진흥원으로 찾아뵈었다.

"박도, 원고지를 메우는 재미가 쏠쏠하지? 작가는 그때가 가장 행복한 시간이야."

정한숙 교수님은 나에게 용기와 자부심, 그리고 작가로서의 긍지를 불러일으켰다. 그런저런 연유로 나는 우리말은 모든 학문의 기본으로, 우리 겨레와 같이 영원하리라는 일종의 종교와 같은 굳은 신념을 지니고 있다. 또한 나는 평생 국어 교사로, 작가로, 시민기자로 살아가는 것을 대단한 긍지로 여기고 있다.

(2013.5)

계란부침개

　나동성 교장선생님! 제가 군 제대 후 한 시골 학교 교단에 섰다가 선생님이 계신 오산학교에 이력서를 제출하였습니다. 소정의 전형 과정을 거친 후 최종 합격된 열두 명의 신임 교사들에게 선생님은 말씀하셨습니다.

　"저는 관 뚜껑을 닫을 때까지 인사에 공정을 기하겠습니다. 그리고 선생님 몫으로 돌아갈 돈을 중간에서 가로채지 않겠습니다."

　그 말씀은 저에게 신선한 충격이었습니다. 그 뒤 학교에서 지켜보니 선생님의 언행은 빗나가지 않았습니다. 수업 시간 중 교실 창밖을 내다보면 선생님은 운동화를 신고, 점퍼 차림에 밀짚모자를 쓰시고 교정의 곳곳을 돌면서 화단을 가꾸고 정원수에 가위질을 하셨습니다. 하루이틀이 아니고 늘 그러셨습니다. 틈틈이 고무장갑에 집게를 들고 학생 화장실의 막힌 변기를 손수 뚫었습니다. 지난날 남강 이승훈 선생이 늘 오산학교 운동장 풀을 뽑고 변소를 펐다는 고사를 몸소 실천하셨습니다.

　어느 날 서무실에 우연히 들렀을 때, 서무과 직원과 선생님들 간에 보충수업비 문제로 옥신각신한 것을 선생님이 지나치다 보시고 한 말씀하셨습니다.

"선생님들, 우리 교육자가 꼭 이런 돈을 챙겨야겠습니까?"

어느 한 선생도 대꾸를 못하고 자리를 떴습니다. '물이 너무 맑으면 물고기가 없다(水至淸則無魚)'는 말씀처럼, 선생님은 너무 꼬장꼬장하여 그것이 일부 선생들의 불평이었고, 그래서 적도 많았습니다.

어느 날 제가 숙직을 하고 새벽에 일어났을 때, 선생님은 벌써 출근하셨습니다. 4천여 학생과 교직원 가운데 일등이었습니다. 선생님의 자택은 서울 시내도 아닌 경기도 광주인데도 말입니다. 선생님은 재단에서 마련해준 승용차도 거절하셨습니다. 4천여 명의 학생, 더욱이 중·고 교장을 겸임한 대식구의 장이었건만 승용차 구입비와 운영비로 도서 구입을 하겠다고 사양하셨습니다. 물산 장려 운동을 주도했던 전 교장 조만식 선생의 얼을 몸소 실천하신 거지요.

선생님, 이제까지 늘어놓은 얘기들은 학교에서 본 선생님의 겉모습이었습니다. 이런 겉모습만으로도 선생님은 훌륭한 교육자임에는 틀림이 없습니다. 특히 제 가슴이 뭉클하게 감동을 준 것은 선생님 댁을 두어 차례 방문해서 사생활을 엿본 때문입니다.

10여 평의 낙산아파트에 옹색하게 사시는 모습을 보고 놀랐습니다. 그 뒤 경기도 광주로 이사하여 닭을 치는 곳을 찾았을 때 점심 밥상을 보고 다시 놀랐습니다. 사모님이 "찬이 없어 어쩌죠?" 의례 인사와 함께 선생님과 겸상으로 내온 점심 밥상 위에는 보리밥에 김치, 손수 텃밭에다 가꾸셨다는 상추, 그리고 계란부침개가 전부였습니다. 허름한 판잣집 같은 데서 양계와 밭농사로 바쁜 생활을 하시는 두 분의 모습은 여느 촌부나 다름이 없었습니다. 닭의 사료를 주고 거름을 치는 내외분을 누가 서울 시내 중고교 교장선생님이요, 그 사모님이라고 알겠습니까?

그리고 또 한 번 선생님이 제 결혼식 주례를 서주신 답례로 저희 내외가 선생님 댁에 인사차 방문했을 때도 상추쌈에 계란부침개만 주셨습니다. 순간 저는 백범 선생이 떠올랐습니다. 백범 선생은 해방으로 고국에 온 후 며느님이 올린 진짓상에 반찬이 많은 것을 보고 야단쳤다고 합니다. 동포들이 굶주리고 있는데 이 무슨 진수성찬이냐고, 앞으로는 1식 2찬만 내놓으라고. 선생님의 처지로 얼마든지 호의호식할 수 있었을 테지요. 사모님이 밤잠, 새벽잠 설쳐가며 매일 수천 수의 닭을 치고 닭똥 냄새를 맡지 않고도 고급 아파트에서 가정부를 두고 편히 사실 수도 있었을 것입니다.

제가 선생님 곁을 떠난 후 모교의 교단에 섰다가 어느 날 갑자기 선생님이 그리워 예고도 없이 선생님 댁을 찾았을 때, 그날 밤 내놓은 저녁 밥상도 혼식 밥에 상추쌈 대신 김이 있었을 뿐이었습니다. 저는 그날 학교 현장의 여러 이야기를 나누다가 다시 선생님 학교로 옮기기로 언약하고 제 모교를 떠났던 것입니다. 한 번 재직했던 학교에 다시 부임한 일은 매우 드문 것으로 압니다. 그 뒤 배은망덕하게 다시 선생님 곁을 떠나왔습니다만, 그날 밤의 그 저녁상이 제가 모교를 떠나게 한 계기였습니다. 지금도 그때 제 행동이 옳았는지 틀렸는지 회의를 할 때도 있습니다만 전 그때 선생님이 가시는 길이 사도(師道)의 귀감으로 보였기 때문입니다.

어느 학부모님이 저에게 이런 말씀을 하였습니다.

"대한민국에 나동성 교장선생님 같은 분이 일 할만 계셔도 오늘 우리 교육계가 이렇게 추락하지 않았을 겁니다."

"존경받는 스승이 되고 사랑받는 제자가 되게 정성을 다합시다."

선생님이 행동 지표로 내세운 말씀입니다. 가르치는 자나 배우는 자에게 더없이 좋은 말씀입니다. 오늘의 교육계의 여러 현안들은 이 대로만 실천한다면 모든 게 다 해결되리라 봅니다.

선생님이 교육계를 떠나셨다는 소식을 듣고 눈앞이 캄캄했는데, 이태 전에 다른 학교장(우신고교)으로 부임하셨다는 기별을 받고 다시 빛을 찾은 듯 반가웠습니다. 선생님 학교의 학생들은 축복을 받았습니다. 이 혼탁한 시대에 훌륭한 교장선생님을 모셨기 때문입니다.

(1989.8)

내 인생의 향도등

흔히들 사람은 '만물의 영장'이라고 한다. 사람의 지혜가 날로 발달하여 이제는 우주를 정복하려 하고, 신의 세계까지도 넘보려고 한다. 그러나 다른 한편으로는 고등동물은커녕 하등동물보다 못한 짓을 하는 게 또한 사람이기도 하다. 이따금 세상 사람들을 깜짝 놀라게 하는, 사람이라는 게 싫어지는 보도를 보게 된다. 이러한 일들이 일어난 요인은 사람의 무지, 교만, 독선 그리고 언저리에서 가르침을 받는 스승이나 현자가 없거나 건전한 이웃과 소통 부재에서 오는 현상일 것이다.

나는 한때 강원 산골마을에 살면서 텃밭을 가꿨는데 여름날 사나흘만 건너뛰면 들풀들이 춤을 췄고, 한 일주일만 돌보지 않으면 쑥대밭이 되곤 했다. 아마도 사람의 심전(心田, 마음의 본바탕)도 이와 같을 것이다. 그래서 사람의 마음 밭도 텃밭을 가꾸듯이 늘 스승이나 현자에게 배우며 스스로 가꿔야 한다.

이즈음 내게는 이따금 전화로 안부를 묻고 일상사를 얘기하며 이런저런 일에 자문하는 선생님이 계신다. 그분은 김영숙 전 이대부고

교장선생님으로 평생 잊을 수 없는 분이다. 내가 군에서 제대하자마자 경기도 여주의 신성중학교(현 여주제일중학교)에서 교단에 선 뒤 한 학기를 마치고 서울 오산중학교로 갔다. 거기서 3년을 보낸 뒤 마침 늘 한번 서보고 싶었던 모교인 중동고교에 빈자리가 있기에 학교를 옮겼다. 그런데 참을성이 없는 데다가 모나고 용렬했던 나는 모교에서 1년을 근무하고는 다시 오산중학교로 갔다.

아무튼 그때 나는 그 객기로 몹시 괴로웠다. 모교에서는 졸업생이 1년 만에 하필이면 전 학교로 갔다고 비난했고, 전 학교의 일부 선생님들은 하필이면 떠난 학교에 다시 찾아온 것을 경계하는 눈치였다. 인생이란 지나고 보면 별일이 아닐지라도 그때 젊은 나는 양쪽에서 비난과 경계를 감당키 매우 힘들었다.

이런 내 사정을 아는 한 대학 선배는 마침 당신 학교에 빈자리가 났다고 하면서 그 학교로 오면 나의 모든 고뇌가 한꺼번에 다 풀린다고 조언해주었다. 그러면서 그 선배는 이력서를 쓸 때, 내가 별난 사람으로 비칠지 모르니까 모교에 간 이력은 쏙 빼라고 권했다. 나는 우선 학교를 옮겨보자는 심정으로 그 선배 말을 따랐다. 그렇게 쓴 이력서를 이대부속중고교에다 제출하고 돌아오는데, 마음속에는 '이게 아니다'라는 갈등이 속에서 부글부글 끓어올랐다. 부임 후 나중에 이력서를 정직하게 쓰지 않은 게 문제가 된다면, 나는 부정직한 사람으로 더 큰 수렁에 빠질 것 같은 예감 때문이었다.

나는 집 앞에서 발길을 돌려 혼자 그 학교로 갔다. 조금 전 내 이력서를 전해드린 교감선생님을 만나 사실대로 말한 뒤 그 자리에서 이력서를 다시 써드리고 앞서 드린 이력서를 돌려받았다. 그러자 교감선생님은 교장선생님에게 내 이력서를 보여드린 뒤 선배를 통해

채용 여부를 알려주겠다고 했다. 그 며칠 후 나는 선배를 통해 학교로 오라는 통보를 받았다. 그때 교감선생님은 악수를 청하며 말했다.

"이 세상에 모래알처럼 많은 사람 가운데 하필이면 우리가 만났습니다. 모교에 갔다가 1년 만에 전 학교로 간 일 등, 교장선생님과 충분히 상의했습니다. 교장선생님도 전 학교로 선생님을 알아보신 걸로 압니다. 결론은 명문 오산학교에서 떠난 사람을 다시 받는 일은 매우 드문 일로, 아무나 떠난 분을 다시 받아주지는 않을 겁니다. 교장선생님은 박 선생의 그 점을 높이 샀습니다."

나는 전혀 예상치 못한 뜻밖의 답에 감격했다. 내가 가장 염려했던 객기를 장점으로 봐주시다니. 그래서 나는 그 순간 내가 이 학교에서는 나를 더욱 낮추고 근신하면서 최소한 20년은 버티자고 다짐했다. 그런 탓인지 나는 이대부고에서 27년 6개월간 근무한 뒤 퇴직했다. 이대부고 교장은 사범대학 교수가 보직으로 내려오기에 김 교장선생님과는 불과 한 학기밖에 함께 근무하지 못했다. 하지만 한 대학캠퍼스에서 생활했던 관계로 구내식당이나 등하굣길에 드문드문 만날 수 있었다. 김 교장선생님과 나는 짧은 인연인데도 그동안 오간 편지는 꽤 여러 통이다.

> 선생님, 짧은 만남과 사귐이었지만 뭔가 길게 이어질 수 있는 귀한 시간이었음을 기쁘게 생각합니다. 가을을 기다리고 있습니다. 더위도 가시고 친구들도 다시 만날 수 있게 될 테니까요. ……
> 1977.6.7. 호놀룰루에서 김영숙 드림

『영웅 안중근』 정말 감동적으로 읽었습니다. 책을 읽는 동안 내

내 선생님의 나라와 겨레를 사랑하시는 뜨겁고 절절한 마음을 느끼며 자신을 돌아보았습니다. 선생님, 수고 많이 하셨습니다.

2010.4. 김영숙 드림

　선생님께서 자주 산책한다는 자작나무 숲 이야기를 들었을 때 미국시인 로버트 프로스트(Robert Frost 1875~1963)의 어떤 시가 생각나 그 시와 함께 제가 좋아하는 「눈 내리는 저녁 숲가에서」를 보내 드립니다. 그는 도시를 떠나 뉴잉글랜드(미국 동부)에 살면서 시골 사람들의 생활과 자연에 관한 시를 많이 썼지요. 한번 읽어보십시오.

2011.1. 김영숙

　『제비꽃』과『카사, 그리고 나』재미있게 잘 읽었습니다. 책을 읽는 동안 괴롭고, 슬프고, 마음 아플 때도 많았지만 역시 삶은 아름답고 귀하다고 느꼈습니다. 작품 속에 일관되게 흐르는 인간에 대한 사랑과 믿음이 독자에게 잔잔한 감동으로 다가왔고, 인생을 좀 더 따뜻하고 긍정적으로 바라보며 살 수 있는 힘이 되었습니다. 다음 작품 기다리겠습니다. 축하드립니다.

2011.8.10. 김영숙

　퇴임 후 어느 날 전화 통화에서 이제는 지난날의 자리에서 떠나 만나자고 하여, 이따금 만나곤 한다. 선생님은 만날 때마다 예이츠나 키츠의 시를 번역해 오셔서 들려주는 등, 좋은 말씀을 들려주셨다. 이전에 내가 쓴 글 가운데 「네 얼굴에 책임을 져라」는 글은 선생님이 들려준 이야기가 글감이었다. 그밖에도 내 작품 곳곳에 나오는 영시는 대부분 선생님이 가르쳐주시거나 감수해주신 거다.

그동안 40년 지켜본 결과 선생님은 인생을 대단히 성실하게 바로, 그리고 생각 깊게 살아가시는 모범생이다. 특히 당신의 감정이나 언행을 늘 절제하시는 모습에 새삼 우러러뵌 적이 한두 번이 아니었다. 당신은 신장이 170센티미터가 넘는 장신이다. 그런 탓인지 스케일도 크고 젊은이의 객기를 포용하는 너그러운 마음을 가지셨나 보다.

당신은 1956년 서울대학교 문리대 영문학과를 졸업하시고, 곧장 이대부고 영어교사로 근무하시다가 미국 유학을 다녀오신 뒤 이화여자대학교 사범대학 외국어교육과 영어 교수로 옮기셨다. 사범대학 재직 중 부속중고등학교장, 교육대학원장 등 중요 보직을 맡으시며 대학 강단을 지키시다가 정년으로 이화여자대학교를 떠나셨다. 그 뒤 일본의 한 대학에서 강의하시다가 지금은 은퇴하여 경기도 용인의 수지에서 사시는데, 요즘도 중국어를 새로 배우시는 등 아직도 학문에 대한 열정은 식지 않았다.

나는 살아가면서 어려운 문제들이 부딪칠 때마다 김 교장선생님에게 여쭤보곤 하는데, 그때마다 대단히 현명하고 슬기로운 답을 아주 명쾌하게 들려주신다. 마치 내 인생의 향도등(嚮導燈)처럼.

이따금 지난 내 인생을 되돌아보면 아주 성능 좋은 지우개로 지우고 싶을 때가 많지만 그래도 그 가운데도 참 잘했다고 여겨지는 것은 33년간 외길로 교단 생활을 한 것이다. 용렬하고 모난 내가 사립학교에서 30년 넘게 봉직했다는 것은 기적이다. 이는 아마도 마지막 근무지 이화학당의 건학정신이 '진선미'로, 사람을 귀하게 여기는 풍토 때문이었을 것이다.

(2014.5)

고사리마을 할머니

이른 아침, 학교에 출근하자 내 책상 옆에 종이 쇼핑백이 얌전히 놓여 있었다. 거기에는 밭에서 갓 뽑은 싱싱한 무 두 개가 담겨 있다. 웬 무일까? 시골 학교가 아닌, 서울 도심의 학교에서 누가 이런 걸 보냈을까? 가끔 학생들이 음료수나 사탕, 초콜릿 같은 것을 몰래 책상 서랍에 넣어둔 일은 있어도 무나 배추 같은 채소를 갖다놓는 것은 전에 없었던 일이다. 직원 조회가 끝난 다음 최윤애 교장선생님이 내 자리로 왔다.

"박 선생님이 그날 버스 선반에다 감자 봉지를 두고 내렸다는 말씀을 전해들은 김옥길 선생님이 감자는 다 떨어져서 대신 무를 보낸 겁니다."

나는 그제야 모든 의문이 다 풀렸다. 참 오랜만에 고향 어머니 같은 푸근한 인정에 젖었다. 내가 이화학당에서 봉직한 지 20여 년, 김옥길 선생이 돌아가기 전까지 나는 일방으로 받는 기쁨만 누려왔다. 그분을 가까이 뵌 것은 10여 차례로 신년 하례식장이나 대신동 댁이나 고사리마을에서 늘 맛있는 음식을 푸짐히 대접받았다.

　　몇 해 전 가을, 볕이 유난히 좋은 날 우리 학교 전 직원이 김옥길 선생으로부터 점심을 초대받아 버스를 타고 고사리마을에 갔다. 우리 일행이 서둘러 갔으나 고사리마을에 도착한 시간은 오후 2시가 훨씬 지났다. 그 무렵 김옥길 선생님은 고사리마을에서 투병 생활 중이었다. 그런데도 빨간 모자, 빨간 스웨터, 검은 바지, 흰 고무신에 머플러를 두른 10대 소녀와 같은 차림으로 반갑게 일행을 맞았다.

　　"어서들 와요."

　　병색은 조금도 읽을 수 없는, 암과 싸우기보다는 오히려 그와 더불어 하루하루를 즐겁게 사는 화사한 밝은 표정이었다.

　　"시장할 텐데 어서 뜰로 갑시다."

　　앞장서서 뜰에 마련한 식탁으로 안내했다.

　　"나는 일찌감치 먹었다오. 배가 고픈 채 기다리면 오시는 손님한테 미운 마음이 생기거든."

　　식탁에는 정성이 담긴 맛깔스런 음식들이 푸짐히 마련됐다. 그날 차린 먹을거리 대부분은 고사리마을에서 손수 가꾼 거라는 친절한 설명을 보탰다. 선생님은 기도를 드렸다.

　　"은혜로운 하나님! 저희에게 사랑할 수 있는 조국을 허락하셨고, 저희가 사랑과 정성을 다하여 가르칠 수 있는 어린 학생들을 주셨고……."

　　나는 식사를 마친 후 뜰을 거닐고 있는 선생님 곁으로 다가갔다. 고사리마을 주변 산수에 대한 얘기를 나눴다. 한창 무르익는 가을 경치가 좋았다. 뒤편은 소백산맥의 봉우리들이 병풍처럼 둘렸고, 앞은 겹겹의 산봉우리 위로 흰 구름이 피어나는 한 폭의 산수화였다.

십 년을 경영하여 초려삼간 지어내어
나 한 간 달 한 간 청풍 한 간 맡겨두고
강산은 들일 데 없으니 둘러보고 보리라.

옛 선인들이 벼슬에서 물러난 뒤 대자연을 즐기는 그대로였다. 별채 초가에는 장작더미가 차곡차곡 쌓였고, 처마 밑에는 이듬해 종자용 옥수수를 묶어 달아둔 산촌 여염집으로 집 안 구석구석이 매우 정갈했다. 마당 가장자리에는 개울물을 끌어다 연못을 만들어 수련을 띄웠고, 뜰 곳곳에는 코스모스, 샐비어, 들국화들이 어우러져 저마다 남은 가을볕을 즐기고 있었다.

당신이 평생을 쏟은 이화대학 구내에다 이사장실을 호화롭게 꾸미고 지낼 수 있을 것이다. 하지만 충북 괴산의 외진 고사리마을로 낙향하여 시골 할머니로서 조용히, 담담히, 깔끔히 여생을 마무리하고 계셨다. 선생님은 "누가 '이화'에 대해 말하면 내가 더 잘 아는 것 같이 생각되니 오만해지고 한계를 느낀다"고 하면서 총장직에서 물러나 모든 걸 훌훌 떨어버리고 대학 구내는 출입을 삼갔다.

그런 뒤 당신의 고향 평안도 맹산은 갈 수 없어 대신 충청도 괴산 고사리마을로 귀거래하신 거다. 한번 권좌에 오르면 스스로 물러날 줄 모르는 범부(凡夫)들에게 "사람이 물러날 때는 이렇게 물러나는 겁니다"를 몸소 보이셨다.

늘 어린이를 가까이하여 서울 대신동과 괴산 고사리마을 어린이들에게는 인자한 할머니로 통했다고 하니 "어린이들이 나에게로 오는 것을 막지 말고 그대로 두어라. 하나님 나라는 이 어린이들과 같은 사람들의 것이다"라는 성경 말씀을 몸소 행하였다. 그날 우리 일행이 떠나올 때 당신이 손수 가꾸셨다는 감자를 대문 곁에다 쌓아두고 즉석에서 여남은 개씩 비닐봉지에 담아주었다.

내가 덕분에 집사람에게 점수 따겠다는 감사의 말씀을 드리자, 크게 웃으시면서 매우 흡족해했다. 그 무엇이라도 주고 싶은 마음, 그래야 기쁨을 느끼는 당신은 천심(天心)을 지니시지 않고는 그런 마음이 저절로 우러나지 않으리라. 선생은 이화의 모든 식구들에게 자주 잔치를 베풀었는데 사람을 가리지 않고, 오히려 그늘에서 고생하는 분부터 먼저 거두었다. 편리한 것, 간소한 것만 쫓는 이 시대에 당신의 손길이 닿은 정성은 우리 옛 어머니의 푸짐함이어라.

"나는 착한 목자이다. 착한 목자는 자기 양을 위해 목숨을 바친다"는 요한복음을 늘 애송하셨고, 그 말씀대로 사셨다.

"죽으면 앞서 간 사람들을 만나 즐겁고, 뒤에 올 사람들을 기다리는 즐거움이 있다"는 유언을 남기셨다고 한다. 하지만 늘 받는 기쁨으로, 한낱 삯꾼으로 살았던 불초한 이 사람이 어찌 감히 하늘나라에서 김옥길 선생님을 만나뵐 수 있으랴.

(1992.2)

사람의 향기

"꽃에 향기가 있듯이 사람에게도 향기가 있습니다."

최윤애 선생님! 어느 해 섣달그믐 무렵 제가 선생님에게 드리는 연하장 글귀입니다. 요즘 연하장은 허례허식이라고 비판의 소리도 있는 걸로 압니다만, 그래도 한 해를 보내면서 그리운 사람에게 친필로 연하장을 보내는 일은 미풍양속이라고 생각됩니다. 저는 연하장을 보낼 때 가능한 만년필로 짤막하게나마 받는 분에게 맞는 글을 쓰려고 고심합니다.

그해 선생님에게 드릴 연하장을 앞에 두고 문득 그 말이 떠올랐습니다. 그 말을 쓴 후 선생님에게 꼭 맞는 표현이라고 매우 흡족했습니다. 글을 쓰는 사람들은 어떤 사물에 적확한 말을 쓸 때는 기분이 무척 좋습니다.

지금도 선생님을 떠올리면 어떤 향기를 느낄 수 있습니다. 그 향기는 그윽하고 깨끔한, 마치 동양란이나 매화와 같은 향기입니다. 어쩌면 사람이 저렇게도 정갈하고 곱게 늙을 수 있을까 저절로 고개가 숙여지고 새삼 늙음의 아름다움, 원숙하고 완숙한 경지에 찬탄을 금할 수 없습니다.

선생님을 처음 뵙게 된 때가 1988년 이른 봄, 꽃샘추위가 한창이었던 2월 하순 봄방학 때였습니다. 전임 교장선생님이 지병으로 입원하여 더 이상 직무를 수행할 수 없게 되었을 때, 선생님이 후임으로 오셨습니다. 그날 선생님이 교정을 둘러보시다 교무실에 오셨을 때, 아담한 체구에 고운 얼굴을 가지신 분이 힘들고 어려운 교장 직무를 어떻게 수행해내실 수 있을까 조금 염려스러웠습니다.

그 무렵 학교 안팎의 여건이 매우 어려운 때였습니다. 오랫동안 군사정권에 억눌려왔던 백성들의 민주화 요구 열풍이 거셀 때였습니다. 학교 역시 무풍지대는 아니었습니다. 그러나 그 어려운 시기에 선생님은 정직과 사랑, 성실과 대화로써 모든 문제와 갈등들을 해소시켰습니다.

선생님에게 받은 감명은 수없이 많아 이 글에 다 담을 수 없을 듯합니다. 그 무렵 저는 교무부장으로 교장실 출입을 자주 했지요. 부임하신 후 처음 교장실에 들어갔을 때, 집무용 책상과 의자가 작고 검소함에 충격을 받았습니다. 선생님의 책상은 교사들의 것과 조금도 다를 바가 없었고, 의자도 학생들 의자처럼 딱딱한 나무 의자였습니다. 아마 서울 시내 교장실 중, 가장 좁고 검소했을 겁니다.

선생님은 결재를 받으러 교장실에 들어서면 꼭 일어서서 인사를 받으시고, 계속 서서 말씀을 들으신 뒤 결재란에 날인하셨습니다. 한두 번 그러신 게 아니라 제 편에서 "교장선생님, 앉으세요"라고 말씀을 드리면, 그제야 저를 먼저 앉게 한 다음 당신 자리에 앉으셨습니다. 대부분 사람들은 어떤 지위에 오르면 집무실을 호화롭게 꾸미고 값비싼 집기로 치장하고 책상 위에는 자개무늬의 명패를 놓고 회전 의자에 푹 파묻혀 있게 마련입니다. 그것이 직책에 걸맞은 권위라고 여기고 있습니다.

어떤 교육학자가 스위스의 한 초등학교를 방문하여 교장선생님을 찾았더니, 수업 중이라고 해서 기다렸답니다. 잠시 후 교장선생님은 여느 교사와 다름없이 수업을 마치고 자리로 돌아오는데 교무실 한 모퉁이가 바로 그의 자리였다는 글을 읽은 적이 있습니다. 선생님도 대학 강의만 없었다면 능히 그러셨을 분으로 생각됩니다.

부임 후, 첫 3월분 보충수업 수당 지급 결재 판을 들고 갔을 때 일입니다. 교장선생님께도 매월 관리수당이 지급된다는 제 설명을 듣고서는 "보충수업 수당은 어디까지나 수고하신 분만이 받아야 된다"고 끝내 당신 몫을 거부하셨습니다. 그때 저는 또 한 번 신선한 충격을 받았습니다. 당연히 받을 수 있는 자신의 수당도 거부하신 분이 이 나라에 몇 분이나 계실지?

보충수업이 처음 실시될 때는 그랬습니다. 그러나 얼마 가지 않아 교장 회의 결의 사항이라며 슬그머니 관리수당이라는 명목이 생겨나 어떤 학교에서는 실제 수업 담당 교사보다 교장이 더 많이 챙기는 부조리가 횡행했습니다. 그러나 선생님은 임기 끝까지 보충수업 관리수당을 한 푼도 받지 않으셨습니다. 이따금 운동장 조회 때나 각종 기념식에서 선생님의 훈화 말씀은 우렁찼고 내용도 매우 충실했습니다.

"물의 지혜를 배우라."

"각자 자기의 자리를 지켜라."

"매사에 성실하라."

어느 하나도 허튼 말씀이 없는 몸소 실천하는 바이기에 그 말씀에는 감동과 힘이 따랐습니다. 평소 선생님의 말씀은 언제나 부드러웠습니다. 저희 교사들의 나태와 실수에도 선생님은 언제나 관용으로 감쌌습니다. 한번은 제가 업무상 실수를 저질렀는데도 아무 말씀이 없기에 따끔한 꾸중을 달라고 말씀드리자 "우리 선생님들이 어려운 여건 속에서 고생하시는데, 격려는 못할지언정, 무슨 꾸중입니까? 박 선생님이 이미 자신의 잘못을 알고 있는데, 무슨 말씀이 필요합니까?"라고 오히려 저를 다독거렸습니다.

지금도 선생님을 생각하면 가장 먼저 떠오르는 모습은 아직 어둠이 가시지 않은 이른 겨울 아침, 오버코트에 머플러로 단단히 감싸고 후문 계단을 내려오던 모습입니다. 어느 누구보다 먼저 출근하셔서 가위와 셀로판테이프, 휴지를 들고 복도에 전시된 학생들의 작품 중 떨어진 부분을 붙이고, 복도 바닥이나 계단에 묻은 가래침이나 오물들을 손수 닦으셨습니다. 저도 때때로 그런 오물을 보지만 그냥 지나치기 일쑤고 비위가 상해 손이 가지 않는데 선생님은 재임 내내 그런 오물만 닦으셨습니다.

오직 교육에만 당신을 바치기 위해 평생을 독신으로 사셨습니다. 제가 학생회 지도교사를 맡았을 때 학생회 회장단 선거를 간선에서 직선으로 바꿔야 한다고 건의를 드리자, 선생님은 조금도 주저함이 없이 허락하셨습니다. 선생님은 그때 학생회 임원들에게 각별한 애정을 가지고 수시로 그들을 불러 공약과 건의사항을 들어주고, 또 지도와 조언을 아끼지 않았습니다.

"매사를 주구하게 하지 말라."

"내 임기 중에 모든 걸 다 이루려고 하지 말라."

"너희들은 초석을 놓는 일꾼이 되라."

선출직 임원들의 선거공약 이행에 대한 조급성에 따른 폐단을 충고하셨습니다. 그때의 학생회 임원들은 선생님을 존경하고 따랐습니다.

선생님은 학교의 환경 개선에도 심혈을 기울여 선생님이 소개해주신 한 독지가의 희사로 5층을 증축하여 도서관으로, 컴퓨터실로, 시청각실로 아주 요긴하게 사용하고 있습니다. 그렇게도 많은 애정을 쏟으시고도 선생님은 정년을 6개월 남기고 끝내 사임, 다시 대학 강단으로 돌아가셨습니다. 새 교장선생님이 신학년도에 새 출발을 할 수 있도록 배려하신 것일 테지요.

선생님으로부터 받은 사랑과 은혜를 곰곰 생각해보니 이루 헤아릴 수 없습니다. 계절이 바뀔 때마다 교직원들의 건강을 위해 당신의 핸드백을 열어서 삼계탕, 꼬리곰탕 등을 사주시던 일, 학교 재정이 어려울 때마다 당신의 주머니를 털어서 제날짜에 급료와 수당을 받게 한 일, 학생들이 수학여행이나 생활 훈련을 떠날 때면 버스마다 사탕 한 봉지씩 올려 보내준 일, 점심시간 구내식당에서 마주치면 으레 후식으로 과일을 슬그머니 준 일……. 그 많은 사랑과 은혜들을 어찌 다 사뢰며 어찌 다 갚겠습니까?

언제 봬도 한 올 흐트러짐이 없으시고, 주름 하나 없으신 완벽한 용모와 옷차림을 하신 정갈한 선생님이셨습니다. 선생님은 당신 임기 만료일인 1993년 2월 27일 토요일 12시 정각까지 정확하게 자리를 지키다가 교장실을 떠나셨습니다. 선생님은 떠나셨지만 유독 "정성을 다하라", "자기 자리를 지켜라"라는 말씀이 메아리처럼 들려옵니다.

최윤애 선생님! 당신에게는 그윽한 향기가 있습니다.   (1993.5)

겨레말의 스승

프랑스의 작가 알퐁스 도데의 「마지막 수업」에 나오는 대목이다.

아멜 선생님이 우리들에게 프랑스어에 대해서 차례차례로 말씀해주셨다. 프랑스어는 세계에서 가장 아름답고, 가장 분명하고, 가장 완벽한 언어라고. 이를테면 어떤 백성들이 노예의 신분이 되더라도 자기 나라의 국어를 견실하게 가지고 있다면, 그것은 마치 자기가 갇힌 감옥의 열쇠를 가지고 있는 것이나 다름없다고. 그러므로 프랑스어를 우리들은 소중하게 지키고 절대로 잊어서는 안 된다고.

이 작품은 프로이센·프랑스 전쟁 당시 프랑스 알자스의 어느 마을 학교를 무대로, 한 소년의 눈을 통해 알자스 지방의 불행한 역사와 자기네 모국어를 지키는 아멜 선생의 아름다운 모습을 아주 잘 그렸다.

나는 아동문학가 이오덕 선생을 만나 뵈면 꼭 아멜 선생을 대한

듯하다. 선생은 한자말과 외래어, 외국어의 거센 물결 속에서도 아주 고집스레 우리말을 지키고 되살리는 일에 평생을 바치신다. 그 모습은 마치 일제강점기에 나라를 되찾고자 만주 벌판을 누볐던 독립투사처럼 거룩하기만 하다. 하긴 총칼을 들고 제국주의자와 맞서 싸운 것만이 독립운동의 전부는 아니다. 붓을 들고 우리말과 얼을 지키는 선비도 그에 못지않은 독립투사다.

우리는 빼앗긴 영토를 되찾으면 해방이나 독립으로 알고 있는데, 그 영토뿐 아니라 문화도 되찾을 때라야만 진정한 독립이라 할 수 있다. 그 문화의 으뜸은 말과 글이다. 이런 점에서 오늘의 우리 처지를 되새김질해볼 필요가 있다.

내가 이오덕 선생의 글을 보고 참 대단한 어른으로 여긴 지는 오래지만, 직접 만나 뵙고 속 깊은 말씀과 가르침을 받은 것은 불과 몇 해 전이다. 1997년 여름, 내가 쓴 책의 발문을 받고자 과천 주공아파트로 찾아갔다. 좁은 아파트 안은 온통 책으로, 부엌과 사람이 지나다닐 만한 통로를 뺀 곳은 모두 책으로 가득 찼다. 큰 밥상 위에도 신문과 책들이 수북이 쌓였다.

"박 선생, 이 신문들 좀 보세요. '뾰족탑' 하면 될 텐데, 하나같이 '첨탑(尖塔)'이라고 썼네요. 한글만 쓴다는 한겨레신문조차도 그렇게 쓰고 있어요."

그 무렵 중앙청(옛 조선총독부)을 헐어내는 보도 기사에 대한 선생의 불만이었다. 선생은 모든 인쇄물을 예사로 보지 않고 꼼꼼히 보신다. 그런 뒤, 잘못된 표기나 쉬운 우리말이 있는데도 굳이 어려운 한자나 외래어, 외국어로 적은 말은 일일이 찾아서 글쓴이나 편집자에게 일일이 알리는 일도 게을리 않으신다. 이오덕 선생의 바탕 뜻은 당신이 쓰신『우리말 살려 쓰기』라는 책 곳곳에 잘 드러나 있다. "오늘날 우리가 그 어떤 일보다 먼저 해야 할 일은 외국말과 외국 말법에서 벗어나 우리말을 살리는 일이다." "말이 아주 변질되면 그것은 영원히 돌이킬 수 없다. 한번 잘못 병들어 굳어진 말은 정치로도 바로잡지 못하고 혁명도 할 수 없다. 그것으로 우리는 끝장이다." "한자말은 가장 오랫동안 우리말에 스며든 역사를 가지고 있지만, 일본말은 한자말과 서양말을 함께 끌어들였고, 지금도 끊임없이 끌어들이고 있다는 점에서 그 깊은 뿌리와 뒤엉킴을 잘 살펴야 한다. 정말 이제 우리가 정신을 바짝 차리지 않으면 넋이 빠진 겨레가 될 지경에 이르렀다는 것을 똑똑히 알아야겠다."

내가 몇 권의 책을 펴내면서 선생에게 한 말씀 부탁드리자 아주 꼼꼼히 읽으신 뒤, 여러 부분을 지적해주셨다. 선생의 가르침을 받고 얼굴이 붉어졌다. 나는 해방 후 세대로 우리말과 글을 50여 년 동안 배우고 가르치며 살아왔는데도 아름다운 우리말을 두고서 별다른 생각 없이 한자말이나 외래어 일본 말투, 서양 말법을 예사로 써왔음을 깨달았기 때문이다. 특히 '그녀'에 대한 선생의 말씀을 듣고는 남녀평등에 대한 높은 뜻을 읽을 수 있었다.

"왜 하필 여자를 가리킬 때만 '그녀'라고 해야 합니까? 그렇다면 남자를 가리킬 때면 '그남'이라고 해야 되지요. 그냥 남녀 없이 '그'로 쓰면 됩니다."

평생을 어린이 교육에 몸 바친 선생은 '우리말 우리글 바로 쓰기' 못지않게 사람 교육에도 깊은 생각과 뚜렷한 철학을 가지셨다. 그 생각과 철학을 담아, 내 책『아버지는 언제나 너희들 편이다』에는 아래와 같은 발문을 써주셨다.

사람이 사람답게 자라나려면 반드시 겪어야 하는 삶이 있다. 그 첫째는 일하기인데, 사람은 일을 해야 살아갈 수 있고, 일을 해야 사람이 된다. 일을 해야 사람다운 태도를 가지게 되고, 일을 해야 사람다운 생각을 하게 되고, 사람다운 감정을 가지게 된다. 세상의 모든 이치도 일하는 가운데서 깨치고 찾아낸 것이 가장 올바르고 확실한 앎이다. 몸과 마음의 건강도 일하지 않고서는 얻을 수 없다. 사람의 행복은 자기가 하고 싶은 일을 열심히 즐겁게 하는 것 말고는 없다.

일이 즐겁고 그 일이 공부가 되려면, 그 일이 자연 속에서 이뤄져야 한다. 사람은 모름지기 자연 속에서 자연을 따라 자연의 한 부분으로 자연스럽게 살아가는 것이 가장 좋은 삶이다. 옛날부터 동서양을 막론하고 자연보다 더 큰 스승은 없었다. 사람이 자연을 배우고 자연을 따라 살면 모든 것을 얻고 모든 것이 제대로 된다. 사람은 자연으로 돌아가야 비로소 아름답고 참된 목숨을 보전할 수 있다. 그러나 사람이 자연을 배반하고 거역하면 사람은 병들고 스스로 망한다. 자연이 없는 교육은 죽음의 교육이고, 자연을 떠난 삶은 그 자체가 죽음이다.

다음으로 중요한 것은 가난의 체험이고 가난하게 사는 것이다. 사람은 가난하게 살아야 한다. 가난해야 물건을 귀하게 쓰고, 가난해야 사람다운 정을 가지게 되고, 그 정을 주고받게 된다. 먹고 입고 쓰는 모든 것이 넉넉해서 흥청망청 쓰기만 하면 자기밖에 모르고, 게을러지고, 창조력이고 슬기고 생겨날 수가 없다. 무엇이든지 풍족해서 편리하게 살면 사람의 몸과 마음이 병들게 되고, 무엇보다도 자연이 다 죽어버린다. 가난은 어렸을 때 체험하는 것이 더 중요하다. 그런데 이 가난은 책으로 배울 수 없다. 가난하게 살아간 사람의 이야기를 아무리 책을 통해 읽어도 자기 스스로 굶어

보지 않고는 굶주린 사람의 마음을 몸으로 알 수는 없다. 텔레비전으로 어떤 사람들의 가난을 보았다고 해도 그것은 가난을 구경한 것밖에 안 된다.

그런데 오늘날 우리 교육에는 일과 자연과 가난이 사라졌다. 이세 가지 가운데 그 어느 한 가지만 없어도 참된 사람 교육은 될 수 없는데, 이 세 가지가 죄다 없으니 무슨 교육이 되겠는가? 지금 우리 교육은 이 세 가지를 싹 쓸어 없앤 자리에 딱딱한 콘크리트 구조물을 세우고 그 속에 아이들을 가두어놓고는 책만 읽고 쓰고 외우고 아귀다툼을 하게 하는 것으로 되어 있으니 무슨 사람다운 교육이 되겠는가?

또, 선생은 자연과 생명에도 큰 사랑을 지니고 있다. 과천에서 아드님이 사는 충주 수월리(무너미마을)로 거처를 옮긴 후 몇 차례 찾아뵈었다. 무너미 마을은 장호원에서 충주로 가는 길 중간쯤 오른쪽에 자리한 산골마을로 나는 그곳을 찾을 때마다 며느님으로부터 맛깔스런 된장찌개를 대접받았다. 선생은 거기서 1킬로미터 정도 떨어진 산 중턱 개울가에다 아담한 글방을 꾸며놓았다. 이 글방은 아드님이 아버지를 위해 손수 지었다는데, 방 안은 온통 책으로 가득 찼다. 책꽂이에는 우리말 우리글 바로 쓰기에 대한 자료와 4, 50년 전 코흘리개 제자들의 글모음을 여태 보배처럼 간직해두었다.

내가 처음 무너미마을로 찾아뵈었을 때는 글방 창문 앞 오이 덩굴 얘기를 하셨다.

"창문 앞에 오이를 심었는데, 덩굴이 자꾸 뻗어 올라가서 창틀 아주 위쪽까지 올라갔어요. 그 꼭대기에 거기 오이가 달렸지요. 너무 높아서 따지 못하고 그냥 두니 오이가 자꾸 굵어지는 거예요. 감 따는 장대로 어찌어찌 해서 겨우 땄는데, 크게 놀랐습니다. 무거운 그 오이를 받침대 나무의 옹이가 받쳐주었던 거예요. 오이 덩굴이 그 옹이가 있는 곳까지 뻗어가서 오이를 받쳐놓았으니, 오이 덩굴은 눈도 있고 귀도 있고, 코도 입도 손도 발도 다 있고, 마음도 있는 것이 틀림없어요.”

그때 들려준 말씀이 나중에 『우리말·우리 얼』 제16호에 실렸다.

다음번에 찾아뵈었을 때는 몹시 않은 뒤라 아무나 귀찮을 만도 한데, 멀리서 찾아온 손을 무척이나 반겨 맞았다.

“요즘은 시골 사람들도 어진 마음씨를 잃어가고 있어요. 아무 산에다 덫을 놓아 마구잡이로 들짐승을 잡거나 사람을 다치게 하는가하면, 온 들에다 농약이나 제초제를 마구 뿌려서 생명체의 씨를 말리고 있어요.”

그리고 마침 밥상 위에 있는 쭉정이 강냉이 송이를 보여주셨다.

“이 강냉이 송이가 무슨 말을 할까요? 낮에 감자 껍질, 사과 껍질 같은 걸 거름으로 버리려고 뜰 앞에 나갔다가, 매화나무 옆에 지난해 다 거둔 강냉이 그루터기에 보잘것없이 조그만 송이 하나 있기에 주워서 까보았더니 글쎄 죄다 쭉정이에 딱 한 알만 굵직하게 꼭 바윗덩어리, 아니, 큰 금덩어리같이 붙어 있는 것 아닙니까? 쭉정이를 대강 세어보니 115개였습니다. 죽은 알 115개가 한 개를 살려서 이렇게 엄청나게 굵은 금덩어리를 남겨놓았습니다. 그 모진 추위에도 얼어 죽지 않고, 그렇게 굶주리던 온갖 날짐승도 차마 이 강냉이 한 알만은 먹을 수 없었던 것이지요. 우리 사람이 조그만 이 강냉이 송이의 백 분의 일이라도 따라갈 수 있다면 얼마나 좋겠습니까? 나는 이

강냉이 송이를 모셔놓고, 쭉정이 수대로 일백열다섯 번 절을 하고 나
서, 그가 하는 말을 듣기로 작정했습니다."

　나는 이따금 사람의 말이 그리울 때면 수화기를 들고 선생의 말씀
을 들었다. 그럴 때면 언제나 따뜻하고 부드럽고 맑은 말씀이 들려왔
다.
　요즘 우리나라는 날이 갈수록 외국의 문화가 밀물처럼 덮쳐와 우
리 문화가 만신창이가 되고 있다. 철없는 백성들은 제 나라말보다 외
국말을 더 먼저 가르치겠다고 부부 별거도 서슴지 않는다. 심지어 일
부 사대사상에 빠진 학자나 관리들이 국제화라는 허울 좋은 이름으
로 영어의 공용까지 주장하며 미쳐 날뛰고 있다. 이런 세태에 선생의
말씀과 글은 메아리 없는 외침으로 남을지라도, 나는 선생이야말로
이 시대에 가장 소중한 나라의 보배라고 생각한다.

새와 산

이오덕

새 한 마리
하늘을 간다

저쪽 산이
어서 오라고
부른다

어머니 품에 안기려는
아기같이

좋아서 어쩔 줄 모르고
날아가는구나!

(2003.8)

---

* 2003년 8월 26일, 이오덕 선생님은 한 마리 멧새가 되어 부용산 깊은 골짜기로
 날아가셨다.

엄마가 일터로 가자 소녀는 동생을 데리고 등교하여 운동장에서
수업을 받고 있다(1953.10. 서울). ⓒNARA

사람이 가장 아름답다

이 세상에서 가장 아름답고 소중한 인연은 아마도 사제(師弟) 간일 것이다. 왜냐하면 인류의 역사와 문화는 이 사제 관계로 이어오고 발전했기 때문이다. 나는 학교에서 학생으로 16년 동안 고매한 스승의 가르침을 받았고, 이후 그 덕행과 인품을 우러르며 살아왔다. 또 나는 교사로 학교에서 33년 동안 싱그럽고 풋풋한 청소년들을 가르치며 살아왔다.

진정으로 나를 사랑해주고 앞날을 이끌어주셨던 그 은사님을 지금도 만날 수만 있다면 어디까지라도 달려가 안기고 싶다. 또한 교실에서 만난 순수한 어린 영혼들이 내 곁으로 다가온다면 그들을 껴안아주고 싶다. 그들의 초롱초롱한 눈매, 개울물 소리와 같은 청아한 글 읽는 소리, 가슴 깊은 곳에서 우러나오는 노래들은 늘 내 머릿속에 남아 이 황혼길에도 외롭지 않다.

나는 이즈음도 깊은 밤이면 그들의 영혼과 교감하면서 자판을 두들긴다. 그 순간 나는 순수해지고 세상에서 가장 행복해진다. 순수한 것은 아름답다. 영국 시인 존 키츠는 "아름다운 것은 영원한 기쁨"이라고 노래했다. 나는 그들이 있었기에 영원한 기쁨 속에 살고 있다.

243

아무튼 한평생 배우고 익히며 청소년소녀들을 가르쳐왔으니 이 또한 복된 인생이 아닌가?

첫째 마당 '36년 만에 찾아오다' 묶음에서는 졸업 후 오랜만에 만난 여러 제자들을 그려보았다. 둘째 마당 '그의 편지에서 내 필체를 보다' 묶음은 지난 삶을 되새기자 마음 아픈 추억의 제자들로 나 자신에 대한 반성 및 참회 글로 꾸며보았다. 셋째 마당 '한 번만 더' 묶음에서는 교단에서 만난, 가슴이 저미도록 그리운 제자들의 이모저모를 그려보았다. 그들은 내 삶의 보람이요, 희망이다. 그들이 있었기에 젊은 날 나는 열심히 외길로 살았고, 늘그막에도 외롭지 않게 살고 있다. 넷째 마당 '묵시록' 묶음에서는 무지 무명한 나를 깨우쳐주신 스승님의 거룩한 모습을 소묘해보았다. 아흔의 스승님은 돌아가시기 직전까지도 "박 군 족적을 남겨라"고 나에게 채찍질하셨기에 미욱한 제자는 마흔 권이 넘는 책을 펴낼 수 있었다.

나는 이 책을 펴내고자 글의 주인공들을 다시 만나면서 "세상에 나만큼 행복한 사람은 없다"는 생각에 빠지곤 했다. 그러면서 하늘은 왜 나에게 이런 아름다운 사람을 만나게 해주셨는지도 곰곰이 생각해보았다. 아마도 하늘은 나에게 이런 분들을 잘 그려 이 세상을 더욱 아름답고 밝게 만들라는 소명을 주신 것 같다.

이제 나는 남은 삶을 덤으로 생각하면서 건강하게 살아 있는 한 이제까지 경험하고 깨달은 모든 진리와 진실과 지혜들을 다음 세대에 진솔히 남기고자 한다. 몇 해 전 여행길에서 제 수명을 다한 고사목(枯死木)을 보았다. 그 고사목은 시내를 가로질러 쓰러진 뒤 뭇 생명들의 다리 역할을 하고 있었다. 이제 나도 그런 고사목으로 내 마지막 소임을 다하고 싶다. 세대와 세대를 잇고, 지역과 지역을 이어주고, 나라와 나라를 이어주는 그런 다리로.

이 책에 실은 글들은 대부분 여러 매체에 발표했던 것으로, 이즈음 다시 지난 세월을 반추하면서 새로 깁고 가다듬었다. 각 마당마다 글 싣는 순서는 가능한 재학 시절 먼저 만난 순서대로 실었다. 나는 중학교 때 프랑스의 알퐁스 도데의 「마지막 수업」을 배운 바 있었다. 그때 그 작품의 주인공인 프란츠와 아멜 선생님에게 무척 감동을 받았다. 그래서 감히 이 책의 제목으로 그 작품 이름을 빌려 썼다.

이 책에 실린 한 편 한 편의 글들이 누구에겐가 옛날 훈장의 '마지막 수업'과 같은 느꺼움과 함께 누구나 이 세상에서 이야기의 주인공으로, 아름다운 사람이 될 수 있음을 보여주었으면 좋겠다. 본문에 들어간 사진은 내가 NARA에서 수집한 것이거나 여행 중에 찍은 것이다.

사람이 가장 아름답다. 아름다운 사람을 보는 기쁨은 이 세상에서 가장 큰 기쁨이다. 그들이 사는 세상은 참 아름답다. 나는 그들이 있었기에 늘그막에도 기쁨 속에 살고 있다. 학교에서 순수하게 만났던 모든 분에게 감사하면서 나의 이야기를 마무리한다.

2019년 4월 20일
원주 치악산 아래 '박도글방'에서

박도

박도 朴鍍

1945년 경북 구미에서 태어나 고려대학교 국문학과를 졸업했다. 30여 년 교단생활을 마무리한 뒤 강원도 원주에서 글쓰기에 전념하고 있다. 한국작가회의 회원이다. 장편소설로 『사람은 누군가를 그리며 산다』『약속』『허형식 장군』『용서』, 산문집으로 『비어 있는 자리』『일본 기행』『안흥 산골에서 띄우는 편지』『백범 김구 암살자와 추적자』, 역사유적 답사기로 『항일유적 답사기』『누가 이 나라를 지켰을까』『영웅 안중근』등이 있다. 사진집으로 『지울 수 없는 이미지』(1~3)『나를 울린 한국전쟁 100 장면』『사진으로 엮은 한국독립운동사』『개화기와 대한제국』『일제강점기』『미군정 3년사』등을 엮었다.

마지막 수업

초판 1쇄 인쇄 · 2019년 5월 10일
초판 1쇄 발행 · 2019년 5월 15일

지은이 · 박   도
펴낸이 · 한봉숙
펴낸곳 · 푸른사상사

주간 · 맹문재 | 편집 · 지순이 | 교정 · 김수란
등록 · 1999년 7월 8일 제2─2876호
주소 · 경기도 파주시 회동길(서패동) 337─16
대표전화 · 031) 955─9111(2) | 팩시밀리 · 031) 955─9114
이메일 · prun21c@hanmail.net
홈페이지 · http://www.prun21c.com

ⓒ 박도, 2019

ISBN 979─11─308─1425─4   03810
값 17,000원